PERJURO

CRÔNICAS DAS
TREVAS ANTIGAS

PERJURO

MICHELLE PAVER

Tradução
Domingos Demasi

ROCCO
JOVENS LEITORES

Título original
CHRONICLES ANCIENT OF DARKNESS
OATH BREAKER

Primeira publicação na Grã-Bretanha em 2008
pela Orion Children's Books,
uma divisão da Orion Publishing Group Ltd
Upper St Martin's Lane
London WC2H 9EA

Copyright do texto © Michelle Paver, 2008

O direito de Michelle Paver a ser identificada
como autora desta obra foi assegurado.

Todos os direitos reservados. Nenhuma parte desta obra pode ser reproduzida ou transmitida por qualquer forma ou meio eletrônico ou mecânico, inclusive fotocópia, gravação ou sistema de armazenagem e recuperação de informação, sem a permissão escrita do editor.

Direitos para a língua portuguesa reservados
com exclusividade para o Brasil à
EDITORA ROCCO LTDA.
Av. Presidente Wilson, 231 – 8º andar
20030-021 – Rio de Janeiro, RJ
Tel.: (021) 3525-2000 – Fax (021) 3525-2001
rocco@rocco.com.br
www.rocco.com.br

Printed in Brazil/Impresso no Brasil

ilustrações
ALVIM

preparação de originais
JÚLIA MARINHO

CIP-Brasil. Catalogação na fonte.
Sindicato Nacional dos Editores de Livros, RJ.
P365p   Paver, Michelle
Perjuro/Michelle Paver; tradução de Domingos Demasi. –
Primeira edição – Rio de Janeiro: Rocco Jovens Leitores, 2010.
il. – (Crônicas das trevas antigas)
Tradução de: Chronicles ancient of darkness: Oath breaker
ISBN 978-85-7980-021-4
1. Homem pré-histórico – Literatura infantojuvenil.
2. Bem e mal – Literatura infantojuvenil.
3. Literatura infantojuvenil inglesa.
I. Demasi, Domingos, 1944-. II. Título. III Série.
10-0976   CDD – 028.5   CDU – 087.5

Este livro obedece às normas do Acordo Ortográfico
da Língua Portuguesa.

PERJURO

UM

À s vezes, não há qualquer aviso. Nada.
   Seu caiaque voa sobre as ondas como um cormorão, seu remo dardeja anchovas prateadas através das algas, e tudo está perfeito: o Mar agitado, o sol em seus olhos, o vento frio em suas costas. Então uma pedra emerge da água, maior do que uma baleia, e você segue direto para ela, pronto para ser despedaçado...
   Torak jogou-se para o lado e golpeou forte a água com seu remo. O caiaque deu uma guinada – quase emborcou – e passou raspando pela pedra com apenas um dedo de sobra.
   Encharcado e tossindo água, ele pelejou para recuperar o equilíbrio.
   – Você está bem? – gritou Bale, fazendo a volta.
   – Não vi a pedra – murmurou Torak, sentindo-se estúpido.
   Bale sorriu.
   – Há alguns novatos no acampamento. Quer se juntar a eles?

— Você primeiro — rebateu Torak, espirrando água com o remo e encharcando Bale. — Corro com você até depois do Penhasco.

O garoto Foca deu um berro e eles partiram — gelados, molhados, contentes. Acima, Torak avistou dois pontos pretos. Assobiou e Rip e Rek despencaram do céu para voar ao lado deles, as pontas de suas asas quase tocando as ondas. Torak evitou uma placa de gelo e os corvos fizeram o mesmo, a luz do sol refletindo-se em tons de roxo e verde em suas lustrosas penas pretas. Eles avançaram. Torak acelerou para não ficar para trás. Seus músculos queimavam. O sal ferroava suas faces. Ele riu alto. Aquilo era quase tão bom quanto voar.

Bale — dois verões mais velho e o melhor caiaqueiro das ilhas — disparou adiante, desaparecendo na sombra de um promontório que assomava e que era chamado o Penhasco. O Mar ficou mais bravo quando deixaram a baía, e uma onda atingiu de frente o barco de Torak, quase derrubando-o.

Quando retomou o controle do caiaque, estava virado para o outro lado. A Baía das Focas parecia bonita sob o sol e, por um momento, ele esqueceu a corrida. Nuvens de gotículas enevoavam a queda-d'água na extremidade sul e gaivotas volteavam acima dos rochedos. Na praia, fumaça saía dos abrigos do Clã da Foca, e os longos estrados com bacalhau salgado reluziam como geada. Ele avistou Fin-Kedinn, seu cabelo ruivo-escuro como um farol ardente entre os Focas de cabelos mais claros; e lá estava Renn, dando lições de arco e flecha a um bando de crianças admiradas. Torak sorriu. Os Focas eram melhores com arpão do que com arco e flecha, e Renn não era uma professora paciente.

Bale gritou para Torak alcançá-lo, e este virou-se e concentrou-se em suas remadas.

Assim que passaram pelo Penhasco, deram-se conta de que estavam famintos e pararam numa pequena enseada, onde acenderam uma fogueira com madeira trazida pelo mar e algas marinhas. Antes de comer, Bale jogou no raso um bocadinho de bacalhau seco para a Mãe

Mar e o guardião de clã dele, enquanto Torak, que não tinha guardião, enfiou um naco de linguiça de sangue de alce num arbusto de zimbro como oferenda para a Floresta. Pareceu um pouco estranho, tendo em vista que a Floresta estava a um dia de caiaque para o leste, mas teria parecido mais estranho se ele não tivesse feito aquilo.

Depois disso, Bale dividiu o restante do bacalhau seco – doce, mastigável e surpreendentemente sem gosto de peixe – e Torak arrancou porções de moluscos das pedras. Eles os comeram crus, puxando com força uma meia concha e usando-a para raspar a deliciosamente suculenta e escorregadia carne cor de laranja. Então Bale ajudou-o a terminar a linguiça de alce. Assim como o restante de seu clã, ele se encontrava mais à vontade em misturar Floresta com Mar, o que tornava as coisas mais fáceis para todos.

Ainda com fome, decidiram fazer um ensopado. Torak encheu com água de um regato sua pele de cozinhar, pendurou-a em galhos junto ao fogo e acrescentou seixos que havia esquentado nas brasas. Bale jogou dentro punhados de líquen roxo, que encontrara numa poça de água do mar, e um monte de vermes marinhos que ele cavara da areia. Torak acrescentou uma porção de couves-marinhas, pois queria algo verde para lembrar-lhe a Floresta.

Enquanto esperavam cozinhar, Torak se acocorou perto do fogo, sentindo o calor subir novamente por seus dedos. Bale fez uma colher unindo metade de uma concha de molusco a um pedaço de talo de alga marrom, amarrando o conjunto com tendão de foca de sua bolsa de costura.

– Boa pescaria para vocês – gritou uma voz vinda do Mar, fazendo com que eles pulassem.

Era um pescador Cormorão num caiaque, sua rede de couro de morsa inchada com arenques.

– E boa pescaria para você! – Bale devolveu a saudação comum entre os clãs do Mar.

Ao remar para o raso, o homem olhou para Torak, notando as finas tatuagens negras em suas faces.

— Quem é o seu amigo da Floresta? — perguntou a Bale. — Essas tatuagens são... do Clã do Lobo?

Torak abriu a boca para responder, mas Bale falou primeiro.

— Ele é meu parente. Filho adotivo de Fin-Kedinn. Ele caça com os Corvos.

— Não sou do Clã do Lobo — completou Torak. — Não tenho clã. — Seu olhar disse ao homem que ele entendesse o que quisesse.

A mão do homem foi até as penas da criatura de clã em seu ombro.

— Já ouvi falar de você. É o tal que eles desterraram.

Sem pensar, Torak tocou a testa, onde a faixa escondia a tatuagem de proscrito. Fin-Kedinn havia alterado a tatuagem para que ela não mais significasse "proscrito"; mas nem mesmo o Líder Corvo pôde alterar a memória.

— Os clãs o aceitaram de volta — disse Bale.

— É o que dizem — confirmou o homem. — Bem, boa pescaria, então. — Ele falou apenas para Bale, dando a Torak um olhar antes de remar para longe.

— Não ligue para ele — disse Bale, após um momento de silêncio.

Torak não respondeu.

— Tome. — Bale jogou-lhe a colher. — Você deixou a sua no acampamento. E anime-se! Ele é um Cormorão. O que é que eles sabem?

Torak torceu os lábios.

— Eles sabem tanto quanto um Foca.

Bale avançou para ele, e lutaram, gargalhando, rolando sobre os seixos, até Torak imobilizar Bale com uma chave de braço e forçá-lo a pedir misericórdia.

Comeram em silêncio, cuspindo sobras para Rip e Rek. Então Torak deitou-se de lado e se aqueceu, e Bale alimentou o fogo com madeira. O garoto Foca não notou Rip se aproximar por trás, caminhando com as pernas duras. Os dois corvos eram fascinados pelo longo cabelo louro de Bale, que ele usava trançado com contas de ardósia azul e pequeninas espinhas de anchovas.

Rip agarrou uma das espinhas com seu bico vigoroso e puxou-a. Bale berrou. Rip largou-a e escondeu-se debaixo de asas abertas pela metade: um corvo injustamente acusado. Bale deu uma risada e jogou-lhe um pedaço de verme marinho.

Torak sorriu. Era bom estar novamente com Bale. Era como um irmão; ou como Torak imaginava que seria um irmão. Eles gostavam das mesmas coisas, riam das mesmas piadas. Mas eram diferentes. Bale tinha quase dezessete verões, e logo encontraria uma companheira e construiria seu próprio abrigo. Como os Focas nunca mudavam de acampamento, isso significava que, fora as viagens a negócios à Floresta, ele viveria o resto do tempo na estreita praia da Baía das Focas.

Nunca mudar de acampamento. Só de pensar nisso, Torak ficava sem fôlego e com cãibras. E também por ter essa certeza. Toda a sua vida se desenrolando como uma pele de foca bem curtida. Às vezes, imaginava como seria vivenciar isso.

Bale notou a mudança nele e perguntou-lhe se sentia falta da Floresta.

Torak deu de ombros.

— E de Lobo?

— Sempre. — Lobo se recusara terminantemente a entrar num barco, e eles foram forçados a deixá-lo para trás. *Volto logo*, dissera Torak em língua de lobo a seu irmão de alcateia. Mas não tinha certeza se Lobo entendera.

Pensar em Lobo deixava-o intranquilo.

— Está ficando tarde — disse ele. — Precisamos estar no Penhasco ao anoitecer.

Era por isso que ele e Renn e Fin-Kedinn tinham vindo. As perturbações na ilha tinham começado novamente, após o inverno, e eles desconfiavam que eram os Devoradores de Almas à procura do último pedaço da opala de fogo que permanecera escondida desde a morte do Mago Foca. Desde a meia-lua passada, eles vinham se revezando numa vigília. Aquela noite era a vez de Torak e Bale.

Bale pareceu preocupado ao arear a pele de cozinhar. Abriu a boca para dizer alguma coisa, então sacudiu a cabeça e franziu a testa.

Não era típico dele hesitar, portanto devia ser importante. Torak torceu nos dedos um punhado de alga e esperou.

– Quando você voltar para a Floresta – disse Bale, sem olhá-lo nos olhos –, vou pedir a Renn para ficar aqui. Comigo. Quero saber o que você pensa disso.

Torak ficou totalmente imóvel.

– Torak?

Torak jogou a alga no fogo e observou as chamas à sua volta ficarem arroxeadas. Sentiu-se como se tivesse chegado à beira de um precipício sem saber que ele estava ali.

– Renn pode fazer o que quiser – disse finalmente.

– Mas você. O que você acha?

Torak pôs-se de pé com um salto. A raiva fazia sua pele formigar e seu coração bater no peito de um modo desagradável. Baixou os olhos para Bale, que era bonito, mais velho, e fazia parte de um clã. Ele sabia que, se ficasse, haveria briga e, dessa vez, seria para valer.

– Vou embora – disse ele.

– Vai voltar para o acampamento? – perguntou Bale, deliberadamente calmo.

– Não.

– Aonde então?

– Apenas vou embora.

– E a nossa vigília?

– Você faz isso.

– Torak, não seja...

– Já disse, *você* faz isso!

– Está bem. Está bem! – Bale olhou para o fogo.

Torak girou nos calcanhares e correu para seu barco.

Seguiu para a costa norte, distante da Baía das Focas. Sua raiva tinha passado, deixando uma fria confusão agitada. Sentia saudades de Lobo. Mas Lobo estava longe.

Encontrou outra enseada e aportou. Carregou o caiaque para o meio de um grupo de árvores esparsas nas elevações mais baixas. Elas careciam do cheiro da bétula e da sorveira, pois eram raquíticas e infestadas de sal comparadas às da Floresta. Não podia voltar à Baía das Focas, não naquela noite. Ele ficaria ali.

Não tinha um alforje ou saco de dormir, mas desde que fora proscrito, sempre levava tudo de que precisava aonde quer que fosse: machadinha, faca, iscas de fazer fogo. Virando o caiaque de cabeça para baixo, amontoou galhos e samambaias do último outono contra as laterais para fazer um abrigo. Então acendeu uma fogueira com madeira trazida pelo mar e empilhou pedras atrás dela para refletir o calor. Havia bastante samambaia e algas secas para fazer um leito, e ele ficaria suficientemente aquecido em sua parca e perneiras de pele de rena. Senão, seria péssimo.

A noite estava clara ao fim da Lua de Seiva de Vidoeiro – os Focas chamavam-na de a Lua da Corrida do Bacalhau –, e do raso vinha o tinir de uma pequena massa de gelo solitária chocando-se contra as pedras. Mais além da fogueira, Rip e Rek dormiam aninhados juntos numa forquilha de uma sorveira, seus bicos enfiados debaixo das asas.

Torak estava deitado, olhando as chamas. Fazia nove luas desde que ele fora proscrito, mas ainda parecia estranho estar a céu aberto e não ocultar sua fogueira.

Ele tinha de voltar.

Mas não poderia encarar Bale. Ou Fin-Kedinn. Ou Renn.

Ao se encolher mais fundo no interior de sua parca, algo o cutucou do lado. Era a colher de Bale; ele devia tê-la enfiado em seu cinto antes da partida. Revirou-a entre os dedos. Tinha sido feita com todo o cuidado, o cabo enrolado fortemente, a ponta solta enfiada caprichosamente para dentro.

Soltou um demorado suspiro. Voltaria pela manhã e se desculparia. Bale entenderia. Ele era daquele jeito, nunca ficava zangado.

Torak dormiu mal. Em seus sonhos, ouviu uma coruja chamar, e Renn lhe dizer algo que ele não entendeu.

Algum tempo depois da meia-noite, ele acordou. Era a hora da escuridão da lua, quando ela tinha sido comida pelo urso do céu, e apenas um vislumbre de luz estelar embalava o Mar tranquilo. Precisava ir: aportar na Baía das Focas, escalar o Penhasco, encontrar Bale.

Sentindo-se tonto e intranquilo, desmontou o abrigo e jogou água na fogueira para colocá-la para dormir. Rip e Rek, com relutância, estenderam as asas e afofaram as penas da cabeça para mostrar seu descontentamento com aquela partida tão cedo; mas, quando levou seu barco para o raso e partiu, Torak ouviu o forte e constante bater de asas de corvos.

No leste, o sol era um corte de faca escarlate entre o Mar e o céu, mas a Baía das Focas estava no escuro, o Penhasco assomando contra as estrelas. As gaivotas dormiam empoleiradas, os abrigos de pele de foca, silenciosos. Somente a queda-d'água quebrava o silêncio, assim como o constante bater do Mar, e os bacalhaus estalando nos cavaletes.

Torak chegou à praia da extremidade norte da baía. Esmagando conchas debaixo de suas botas, ele respirou o cheiro amargo e forte das fogueiras cobertas com cinzas para manter o braseiro aceso. Nos cavaletes, os bacalhaus o observavam com olhos mortos, encrustados de sal.

Rek soltou um ansioso corvejar – avistara carniça – e os corvos voaram para as rochas ao pé do Penhasco.

Estava escuro demais para Torak ver o que haviam encontrado, mas algo fez a pele de sua nuca arrepiar-se.

Fosse o que fosse, Rip e Rek se aproximaram cautelosamente, como os corvos fazem, saltitando para perto, então voando para longe.

Torak dizia a si mesmo que poderia ser qualquer coisa. Mas ele corria, tropeçando nos montes de algas apodrecidas. Ao se aproximar, captou o cheiro doce-enjoativo que não se parecia com qualquer outro. Caiu de joelhos.

Não. Não.

Ele devia ter gritado, pois os corvos saíram voando, crocitando assustados.

Não.

Arrastou-se para mais perto. Seus dedos tocaram a umidade e voltaram vermelhos. Viu fragmentos de ossos brancos e respingos de pastoso visgo cinzento. Percebeu a escuridão infiltrar-se pelo longo cabelo claro trançado com contas de ardósia azuis e espinhas de anchovas. Notou o rosto familiar encarando cegamente o céu.

Às vezes, não há qualquer aviso. Absolutamente nenhum.

DOIS

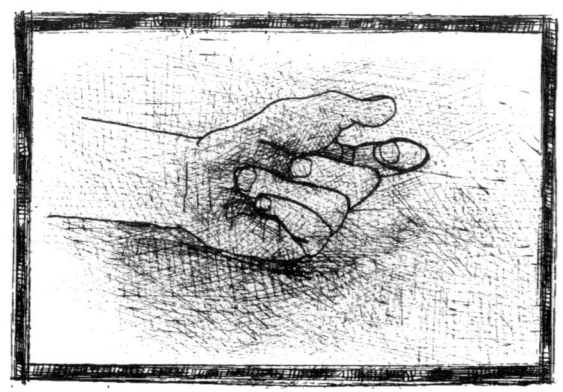

Isto não está acontecendo, pensou Torak.
Ele não estava olhando para aqueles dedos como garras; para aquele sangue escurecendo debaixo das unhas. Não era real.

Uma gaivota grasnou no rochedo e Torak ergueu a cabeça. Bem lá em cima, na orla do Penhasco, pendia uma moita de zimbro. Ele imaginou Bale de joelhos, esticando-se para longe demais. Seu desespero ao agarrar um galho, a mórbida sacudida quando este cedeu. As pedras arremessando-se na direção dele.

Oh, Bale. Por que chegou tão perto da beirada?

Um vento frio lançou-se furtivo por seu pescoço abaixo, e ele tremeu. As almas de Bale estavam perto, e estavam zangadas. Zangadas com ele. *Se você tivesse ficado comigo, eu não teria morrido.*

Torak fechou os olhos.

Marcas da Morte. Sim. As almas devem ser mantidas juntas, ou Bale poderá se tornar um demônio ou um fantasma.

Pelo menos posso fazer isso por você, pensou Torak.

Com dedos desajeitados, desatou sua bolsa de medicamentos e a sacudiu. De dentro caiu o chifre de remédios que fora de sua mãe e a pequena colher de mexilhão. Hesitou. Nem mesmo havia agradecido a Bale por ela. Tinham comido em silêncio. Depois, brigaram. Não, corrigiu-se. Bale não brigou. *Você* que puxou briga. A última coisa que você disse a ele foi com raiva. Marcas da Morte.

Enfiou a colher de volta na bolsa. Sacudindo sangue da terra na palma, tentou cuspir nela, mas sua boca estava seca demais. Cambaleou até uma poça e, com uma alga, fez do ocre vermelho uma pasta. No caminho de volta, enrolou alga marrom no dedo indicador, para não tocar no cadáver.

Bale estava deitado de costas. O rosto estava sem qualquer marca. Foi a parte de trás do crânio que quebrara como uma casca de ovo. Em estado de torpor, Torak pintou grosseiramente círculos de sangue da terra na testa, no peito e nos calcanhares. Ele fizera o mesmo por Pa. A marca no peito de Pa fora a mais difícil, pois ele tinha uma cicatriz onde havia cortado fora a tatuagem de Devorador de Almas. O próprio peito de Torak trazia uma tatuagem semelhante; portanto, quando sua hora chegasse, essa marca também seria difícil de fazer. O peito de Bale era liso. Impecável.

Quando terminou, Torak acocorou-se. Sabia que estava perto demais do corpo, que aquele era o momento mais perigoso, quando as almas ainda estão por perto e podem tentar possuir o vivente. Mas ele permaneceu onde estava.

Alguém aproximava-se, esmagando as algas marinhas com os pés, chamando seu nome.

Virou-se.

Renn viu seu rosto e parou.

— Não se aproxime. — Sua voz era grossa, como se pertencesse a outra pessoa.

Ela correu para ele. Viu o que estava mais além. Suas faces perderam a cor.

– Ele caiu – disse Torak.

Ela sacudia a cabeça; os lábios, sem produzir som, formavam *Não, não*.

Torak viu-a captar o olhar vazio, os miolos espalhados, o sangue debaixo das unhas. Essas coisas permaneceriam com ela para sempre, e ele nada poderia fazer para protegê-la.

O sangue debaixo das unhas.

O significado disso engoliu-o como uma onda gelada. Aquele sangue não era o de Bale. Alguém mais estivera com ele no Penhasco. Bale não caíra. Fora empurrado.

Fin-Kedinn surgiu atrás de Renn. Os dedos apertaram o cajado e os ombros se curvaram, mas seu rosto permaneceu impenetrável.

– Renn – disse baixinho. – Vá buscar o Líder do Clã da Foca.

Ele teve de repetir duas vezes até Renn ouvir, mas, pela primeira vez, ela não discutiu. Como uma sonâmbula, caminhou com dificuldade em direção ao acampamento.

Fin-Kedinn virou-se para Torak.

– Como aconteceu?

– Não sei.

– Por quê? Você não estava com ele?

Torak retraiu-se.

– Não, eu... deveria estar. Mas não estava. Se eu estivesse presente, ele não teria morrido. Isso foi minha culpa. *Minha culpa.*

Seus olhos se encontraram, e, no aguçado olhar azul de Fin-Kedinn, Torak viu compreensão e compaixão: compaixão por *ele*.

O Líder Corvo ergueu a cabeça e examinou o Penhasco.

– Suba ali – disse ele. – Descubra quem fez isso.

O sol matinal cintilava nos espinhos do zimbro, quando Torak escalou o íngreme caminho em direção ao Penhasco. As pegadas deixadas pelas botas de Bale eram inconfundíveis – Torak as conhecia tão bem quanto as de Renn, de Fin-Kedinn ou mesmo as suas – e as únicas na trilha. Portanto, quem o matara não tinha subido por aquele caminho; não viera do acampamento Foca.

Quem o matara. Ainda não era real. Ainda no dia anterior, eles tinham destripado bacalhau juntos na praia; Rip e Rek aproximando-se sorrateiramente das entranhas fumegantes, Bale de vez em quando jogando pedaços para eles. Finalmente, o último bacalhau fora pendurado pelo rabo no cavalete e eles ficaram livres para sair de caiaque. Asrif emprestara seu barco para Torak, e Detlan e sua irmãzinha tinham vindo vê-los partir – o garoto, apoiado em suas muletas, acenava com tanta intensidade que quase caíra.

Isso apenas um dia antes.

A garganta do Penhasco era coberta de mato, com pés de sorva e de zimbro, mas dali se alargava para uma enorme e plana forma de um barco projetando-se para o Mar. Muito tempo atrás, a superfície fora gravada a martelo com uma teia prateada de caçadores e presas. No meio, abria-se um altar cinzento de granito na forma de um peixe.

Torak engoliu em seco. Dois verões antes, o Mago Foca o havia amarrado naquele altar e se preparara para arrancar seu coração. Ainda podia sentir o granito cavoucar suas escápulas; ouvir o clique das garras dos *tokoroths*.

Lá de baixo, veio o grito de uma criatura como se estivesse sendo rasgada ao meio. Torak prendeu a respiração. O pai de Bale encontrara seu filho.

Não pense nisso. Pense no que está à sua frente. Faça isso por Bale.

O Penhasco reluzia com o orvalho. Ele era de rocha nua, exceto pela estranha crosta de líquen ou pão-de-pássaros. Seguir rastros seria difícil, mas se o assassino deixara qualquer vestígio, Torak o encontraria.

Da garganta, ele observou o Penhasco. Algo não estava certo, mas não sabia determinar o quê. Guardando isso para depois, foi em frente. Pa costumava dizer que para seguir os rastros de sua presa era preciso ver a si mesmo dentro do espírito dela. Isso, agora, assumia um significado terrível. Torak tinha de ver Bale vivo no Penhasco. Tinha de ver seu assassino sem rosto.

O desconhecido devia ser forte para superar Bale, mas isso era tudo que Torak sabia. Tinha de fazer o Penhasco lhe dizer o resto.

Não demorou muito para achar o primeiro sinal. Agachou-se, examinando a pista de banda e com os olhos semicerrados, por causa do baixo sol matinal. A marca de uma bota, muito tênue. E ali: a indicação de outra. Um velho anda sobre os calcanhares; um jovem, sobre os dedos dos pés. Bale caminhara levemente pelo Penhasco.

Passo a passo, Torak o seguiu. Esqueceu a voz do Mar e o vento salgado em seu rosto. Envolveu-se na busca.

A sensação de estar sendo observado o trouxe de volta. Parou. Seu coração começou a bater mais forte. E se o assassino de Bale ainda estivesse escondido nas sorveiras?

Sacando a faca, ele virou-se.

— Torak, sou eu! — gritou Renn.

Respirando com dificuldade, ele baixou a faca.

— *Nunca* mais faça isso!

— Pensei que tivesse me ouvido!

— O que faz aqui?

— O mesmo que você! — Renn estava zangada porque ele a amedrontara, mas ela se recuperou rapidamente. — Ele não caiu. Suas unhas... — Eles se encararam. Torak ficou imaginando se ele, também, estava com aquele olhar distante, desolador.

— Como aconteceu? — perguntou ela. — Pensei que você estivesse com ele.

— Não.

Ela encarou-o. Ele desviou os olhos.

— Vá na frente — disse ela. — Você é o melhor rastreador.

Com a cabeça abaixada, ele retomou sua busca, e Renn o seguiu. Ela raramente falava quando ele rastreava; dizia que Torak entrava numa espécie de transe que ela não gostaria de quebrar. No momento, ele se sentia grato por isso. Às vezes, Renn enxergava demais com aqueles olhos negros, e ele não podia contar-lhe sobre a briga com Bale. Sentia-se muito envergonhado.

Não tinha ido muito longe quando encontrou mais vestígios. Um pedacinho de líquen raspado por uma bota calçando um pé que corria; e, atrás do altar, um pouco de pão-dos-pássaros triturado e transformado numa mancha verde. Preso numa fenda, um fio de pelo de rena. A pele de Torak arrepiou-se. Bale usava pele de foca. Aquilo pertencia ao seu assassino. Uma imagem começou a tomar forma, como um caçador emergindo da neblina. Um homem grande e pesado, vestido com pele de rena.

De imediato, um nome surgiu em sua mente, mas Torak afastou-o. Não adivinhe. Mantenha a mente aberta. Encontre provas.

Imaginou Bale deixando seu esconderijo entre as sorveiras, correndo na direção da figura ajoelhada diante do altar. O assassino levantando-se. Os dois, um diante do outro, aproximando-se cada vez mais e mais da borda do rochedo.

Em um determinado ponto, a beirada do Penhasco estava rachada, e, no torrão de terra que o vento soprara, um zimbro se agarrava à vida. Ele fora arrancado pela raiz, pela metade, e ainda escorria seiva de árvore. Torak viu Bale desesperadamente se agarrando a um galho, sua mão livre arranhando barro. Ele lutara duramente para viver. E o assassino pisara em seus dedos.

Uma névoa vermelha desceu sobre a visão de Torak. Suor rompeu em suas palmas. Quando pegasse o assassino, ele iria...

— Fosse quem fosse — disse Renn, tremendo — ele devia ser muito forte para ter superado B... — interrompeu a frase, enfiando os nós dos dedos na boca. Durante os cinco verões seguintes seria proibido pronunciar o nome de Bale, ou seu espírito poderia voltar para assombrar os vivos.

— Olhe ali — disse Torak. Apanhou uma partícula minúscula de seiva de abeto vermelho seco. — E isto. — Afastou um galho para revelar a impressão de uma mão.

Renn respirou ruidosamente.

O assassino de Bale tinha se apoiado em uma das mãos para observar sua vítima cair. Aquela mão tinha apenas três dedos.

Torak fechou os olhos. Estava de volta às cavernas do Distante Norte, enfrentando o Devorador de Almas. Lobo saiu em sua defesa, saltando sobre o agressor, decepando-lhe dois dedos.

— Então agora sabemos — disse Renn, com voz fria.

Entreolharam-se, ambos lembrando-se dos cruéis olhos verdes num rosto tão duro quanto a terra rachada.

O punho de Torak se fechou sobre a seiva de abeto vermelho.

— Thiazzi — disse ele.

TRÊS

O Mago Carvalho não fizera qualquer tentativa de ocultar seus rastros. Ele descera o íngreme flanco norte do Penhasco para uma praia de seixos, apanhou seu caiaque e saiu remando.

Torak e Renn o rastrearam até onde a pista terminava no Mar.

– De onde eu estava – disse Torak –, poderia tê-lo visto.

– Por que estava acampado lá? – perguntou Renn.

– Eu... Eu precisava ficar sozinho.

Ela lhe deu um olhar penetrante, mas não perguntou o motivo. Foi pior. Talvez Renn tivesse adivinhado que ele cometera um terrível engano; tão terrível que ela não conseguiu falar naquilo.

– Ele agora pode estar em qualquer lugar – disse ela, virando-se para as ondas. – Pode ter ido para a Ilha da Alga ou para uma das menores. Ou pode ter voltado para a Floresta.

– E tem uma boa dianteira – observou Torak. – Vamos.

Para voltar ao acampamento Foca, eles teriam de subir novamente o Penhasco. O altar ainda parecia sutilmente errado. Foi Renn que notou por quê.

— Os entalhes. A ponta do altar atravessa a cabeça daquele alce. Isso não pode estar certo.

— Ele foi mudado. — Torak ficou chateado por não ter notado isso antes. As marcas do arrastado estavam tão óbvias quanto um corvo num campo de gelo. Imaginou o Mago Carvalho — o homem mais forte da Floresta — empurrando o ombro contra o altar para movê-lo, depois puxando-o de volta, mas deixando-o fora do lugar.

Debaixo da ponta do altar, Torak encontrou o que Thiazzi havia exposto: um pequeno buraco escavado na superfície do Penhasco. Estava vazio.

— Ele encontrou o que procurava — disse Torak.

Nenhum dos dois expressou seu temor. Mas, entre as sorveiras na garganta, Torak encontrou a prova: os restos de uma pequena bolsa de couro de foca desidratada. O couro em pedaços ainda exibia a tênue impressão de algo duro, do tamanho de um abrunho, que estivera aninhado em seu interior.

O sangue de Torak martelou em seus ouvidos. A voz de Renn o atingiu como se viesse de uma grande distância.

— Ele a encontrou, Torak. Thiazzi tem a opala de fogo.

— Não diga a ninguém — aconselhou Fin-Kedinn. — Nem que ele foi assassinado, ou quem foi, nem por quê.

Torak concordou imediatamente, mas Renn ficou consternada.

— Nem mesmo ao pai dele?

— Ninguém — disse o Líder Corvo.

Estavam agachados à beira do riacho na extremidade sul da baía, lambuzando com argila os rostos uns dos outros com marcas de luto. O rugido da queda-d'água abafava suas vozes. Não havia perigo de serem ouvidos pelas mulheres Focas, riacho abaixo, que cozinhavam o banquete do funeral, ou pelos homens que preparavam o caiaque de

Bale para a Jornada da Morte. Os Focas trabalhavam em silêncio para evitar ofender as almas do rapaz morto. Para Torak, eles pareciam como gente em um sonho.

O dia inteiro haviam trabalhado e ele ajudara. Agora caía o crepúsculo, e cada abrigo, cada caiaque, cada cavalete de bacalhau, até o último, fora transferido para aquela extremidade da baía, o mais distante do Penhasco. Para o norte, restara apenas o abrigo que Bale dividia com o pai. Ele fora ensopado com óleo de foca e incendiado. Torak podia vê-lo: um olho vermelho encarando-o fixamente na escuridão que aumentava.

– Mas isso é *errado* – protestou Renn.

– É necessário. – Seu tio captou seu olhar e o manteve. – Pense, Renn. Se o pai dele souber, irá atrás de vingança.

– Sim, e daí? – rebateu ela.

– Ele não estaria sozinho – disse Fin-Kedinn. – O clã inteiro exigiria vingança a seu modo.

– E daí? – repetiu Renn.

– Eu conheço Thiazzi – explicou Fin-Kedinn. – Ele não se esconderia nas ilhas; voltaria para a Floresta, onde seu poder é enorme. O caminho mais rápido passa pela reunião do comércio, na costa...

– E, se os Focas fossem atrás dele – completou Torak –, ele os jogaria contra os outros clãs e fugiria.

O Líder Corvo concordou com a cabeça.

– É por isso que não diremos nada. A convivência entre os clãs do Mar e os clãs da Floresta nunca foi fácil. Thiazzi usaria isso. É essa a sua força; ele fomenta o ódio. Prometam-me vocês dois. Não contem a ninguém.

– Eu prometo – disse Torak. Ele não queria ver os Focas irem atrás de Thiazzi. A vingança devia ser sua, somente sua.

Com relutância, Renn deu sua palavra.

– Mas o pai dele vai descobrir – lembrou ela. – Vai ver o que vimos. O... o sangue debaixo de suas unhas.

— Não — disse Fin-Kedinn. — Eu cuidei disso. — Com os riscos cinzentos de argila na testa e descendo pelas faces, ele parecia distante e inatingível. — Venham — disse ele, pondo-se de pé. — Está na hora de nos juntarmos aos outros.

Na praia, os Focas haviam instalado um círculo de tochas de algas: um alaranjado saltitante debaixo do céu azul-escuro. Dentro dele, tinham colocado Bale no seu caiaque. A gordurosa fumaça preta ferroava os olhos de Torak enquanto ele respirava o cheiro ruim do óleo de foca incendiando-se. Sentiu as marcas de luto endurecerem em sua pele.

São os ritos funerários de Bale, pensou. Não é possível.

O pai de Bale aproximou-se do barco e delicadamente cobriu o corpo do filho com seu saco de dormir. Ele havia perdido os dois filhos para os Devoradores de Almas, e seu rosto trazia uma expressão distante, como se não fosse ele vivenciando nada daquilo. Como se, pensou Torak, ele estivesse no fundo do Mar.

Depois dele, cada membro do clã depositou um presente para a Jornada de Morte. Asrif deu uma tigela de comida; Detlan, um conjunto de anzóis de pesca, enquanto sua irmãzinha — que era muito chegada a Bale — conseguiu parar de chorar o tempo suficiente para depositar junto ao corpo uma pequena lamparina de pedra. Outros deram roupas, carne seca de baleia ou bacalhau, redes de foca, lanças, corda. Fin-Kedinn deu um arpão; Renn, suas três melhores flechas. Torak deu seu amuleto de mandíbula de lúcio, para caçadas bem-sucedidas.

Afastando-se, observou os homens erguerem o caiaque sobre os ombros e o carregarem para o raso. Ali, amarraram duas pesadas pedras na proa e na popa, e o pai de Bale entrou em seu próprio caiaque e começou a rebocar seu filho Mar adentro.

Os demais caminharam penosamente de volta ao silencioso banquete, mas Torak permaneceu ali, observando os caiaques diminuírem até se tornarem pequenas manchas. Quando estivessem fora de vista da terra, o pai de Bale pegaria sua lança e cortaria o barco funerário, enviando seu filho para a Mãe Mar. Os peixes comeriam a carne de Bale como, em vida, ele tinha comido a deles; e, quando na terra seu abrigo virasse cinzas e estas fossem sopradas para longe, todos os seus vestígios teriam sumido, como uma marola no mar.

Mas ele voltará, pensou Torak. Ele nasceu aqui. Este é o seu lar. Ele se sentirá solitário no Mar.

Fin-Kedinn estava chamando seu nome.

– Torak. Venha. Deve participar do banquete.

– Não posso – disse ele, sem se virar.

– Você precisa.

– Não posso. Tenho de ir atrás de Thiazzi.

– Torak, está escuro – disse Renn, ao lado de seu tio – e não há lua, não pode partir agora. Iremos assim que amanhecer.

– Você precisa honrar seu parente – disse Fin-Kedinn com severidade.

Torak virou-se para ele.

– Meu parente? É assim que deveremos chamá-lo, não é mesmo? Meu parente. O garoto do Clã da Foca. Durante cinco verões, até esquecermos seu nome.

– Nós nunca o esqueceremos – afirmou Fin-Kedinn. – Mas é melhor dessa maneira. Você sabe disso.

– Bale – pronunciou com clareza Torak. – Seu nome. Era Bale.

Renn engoliu em seco.

Fin-Kedinn olhou com os olhos apertados.

– Bale – repetiu Torak. – Bale. Bale. Bale!

Passando rente aos dois, ele correu a extensão da baía, parando apenas quando alcançou o rescaldo das ruínas do abrigo de Bale.

– *Bale!* – gritou para o frio Mar. E, se fazendo isso invocasse o espírito vingador de Bale para assombrá-lo, que assim fosse. Se Bale descansava no fundo do Mar, era por culpa *sua*. Se ele não tivesse brigado, Bale não teria ficado sozinho no Penhasco. Eles teriam enfrentado juntos o Mago Carvalho, e Bale ainda estaria vivo.

Culpa sua.

– Torak!

Renn estava do outro lado do fogo, que bruxuleava no pálido rosto através do calor.

– Pare de chamá-lo pelo nome! Vai atrair seu espírito!

– Que ele venha! – rebateu. – É só o que eu mereço!

– Você não o matou, Torak.

– Mas foi *minha* culpa! Como vou suportar isso?

Para essa pergunta ela não tinha resposta.

– Fin-Kedinn tem razão! – berrou. – Os Focas não podem vingar Bale, cabe a *mim* fazer isso!

– Pare de chamá-lo pelo nome...

– A vingança é *minha*! – gritou. Sacando a faca e tirando seu chifre de remédios da bolsa, ergueu-os para o céu. – Eu juro a você, Bale. Juro a você por esta faca e por este chifre e pelas minhas três almas... Eu caçarei o Mago Carvalho e o matarei. Eu *vou* vingar você!

QUATRO

Lobo está parado no Frio Macio Brilhante, ao pé da Montanha, olhando acima para Pelo-Escuro.

Ela está muitos trotes acima dele, olhando para baixo. Ele capta seu cheiro, ouve o vento sussurrando através de seu lindo pelo negro. Ele agita o rabo e gane.

Pelo-Escuro balança o rabo e gane de volta. Mas aquela é a Montanha do Trovejante. Lobo não pode subir e ela não pode descer.

Durante todo o Longo Frio ele sentiu falta dela, mesmo quando caçava com Alto Sem-Rabo e a irmã de alcateia, ou brincava de caça-ao-lemingue; especialmente nessa ocasião, pois Pelo-Escuro é muito boa nisso. De todos os lobos da alcateia da Montanha, é dela que Lobo sente mais falta. Os dois são um só bafo, um só osso. Ele sente isso em seu pelo.

Pelo-Escuro abaixa-se apoiada nas patas dianteiras e late. *Venha! A caça é boa, a alcateia é forte!*

Lobo abaixa o rabo.

O latido dela torna-se impaciente.

Não posso!, diz ele.

Com um salto, ela está descendo a Montanha. O Frio Macio Brilhante voa de suas patas enquanto ela corre em direção a ele, e o coração de Lobo flutua diante disso. Alegremente, trota em direção a ela, correndo tão depressa que...

Lobo acordou.

Estava fora do Agora em que entrava no seu sono, e de volta ao outro agora, deitado à margem do Grande Molhado. Sozinho. Sentia falta de Pelo-Escuro. Sentia falta de Alto Sem-Rabo e da irmã de alcateia. E até mesmo dos corvos, só um pouco. *Por que* Alto Sem-Rabo o deixara e se fora nas peles flutuantes?

Lobo detestava aquilo ali. A terra áspera mordia as almofadas de suas patas, e os peixes-pássaros atacavam, se ele chegasse muito perto de seus ninhos. Por algum tempo, havia explorado os Covis dos sem-rabo junto ao Grande Molhado, e o Molhado Ligeiro que corria para ele, mas agora estava entediado.

Os sem-rabo não caçavam, apenas ficavam parados ali, latindo e uivando e olhando fixo para pedras. Eles pareciam achar que algumas pedras tinham mais importância do que outras, embora, para Lobo, todas cheirassem igual; e, quando os sem-rabo davam pedras uns aos outros, eles discutiam. Quando um lobo normal dá um presente – um osso ou um graveto interessante –, ele faz isso porque gosta do outro lobo, não porque está zangado.

O Escuro veio e os sem-rabo se instalaram para seu sono interminável. Lobo levantou-se e foi farejar em volta dos Covis. Desdenhosamente livrando-se dos cães, ele comeu alguns peixes que pendiam de gravetos e um delicioso naco de gordura de peixe-cão. Depois encontrou uma pele de pata do lado de fora de um Covil e comeu isso também. Quando veio o Claro, ele trotou para dentro da Floresta, pisou num monte de samambaias para fazer delas um confortável terreno-de-dormir e tirou uma soneca.

O cheiro o despertou instantaneamente.

Suas patas se retesaram. Os pelos do cangote se eriçaram. Ele conhecia esse cheiro. Isso o fazia lembrar-se de coisas ruins. Fazia a ponta de seu rabo doer.

O cheiro do rastro era forte e seguia Molhado acima. Com um grunhido, Lobo se pôs de pé e correu atrás dele.

– Eu já lhe falei – disse o caçador Águia Marinha, amarrando um feixe de galhadas de veado. – Eu vi um homem grande chegando à praia. Só isso.

– Aonde ele foi? – perguntou Torak. Ele estava inquieto. Renn, aninhando nas mãos um copo de seiva de vidoeiro quente, imaginava o quanto mais o Águia Marinha iria aguentar.

– Eu *não sei!* – vociferou o caçador. – Estava ocupado, queria negociar.

– Creio que ele foi rio acima – disse a companheira do caçador.

– Rio acima – repetiu Torak.

– Isso poderia significar qualquer lugar – disse Renn. Torak, porém, já seguia para o acampamento Corvo e as canoas de couro de veado.

Era a segunda noite depois dos ritos funerários de Bale, e, após uma exaustiva travessia, eles chegaram ao local da reunião de comércio, na costa. A neblina envolvia os acampamentos ao longo da praia e da foz do Rio Alce. Salgueiro, Águia Marinha, Alga Marinha, Corvo, Cormorão, Víbora: todos tinham vindo trocar chifres e galhadas por couro de foca e ovos do Mar de Sílex. Fin-Kedinn tinha voltado para devolver os caiaques que havia emprestado do Clã da Baleia, e os corvos estavam empoleirados num pinheiro. Não havia sinal de Lobo.

Renn se apressou para alcançar Torak, que abria caminho com os ombros por entre a multidão, o que lhe valia olhares irritados, os quais ele ignorava.

— Torak, espere! — Olhando em volta para se certificar de que não seriam ouvidos, ela disse em voz baixa: — Já pensou que isso pode ser uma armadilha? Os Devoradores de Almas já prepararam armadilhas antes para você.

— Não me importo — disse Torak.

— Mas pense! Em algum lugar, estão Thiazzi e Eostra: os dois Devoradores de Almas que restaram, e os mais poderosos de todos.

— Não me *importo*! Ele matou meu parente. Vou matá-lo. E *não* me diga para ir dormir e começarmos pela manhã.

— Eu não ia dizer isso — rebateu ela, ressentida. — Só que ia pegar alguns suprimentos.

— Não há tempo. Ele já tem dois dias de dianteira.

— E terá mais ainda — retrucou ela —, se tivermos de ficar parando para caçar!

Quando ela chegou ao abrigo que dividia com Saeunn, a visão de suas familiares peles de rena fizeram com que parasse. Menos de uma lua atrás, ela o tinha deixado e corrido para os caiaques, ansiosa para ter Fin-Kedinn e Torak para si mesma, e para rever Bale.

Fechou os olhos. Incrédula, tinha olhado para seu corpo fraturado. O cego olhar azul. Os fragmentos cinzentos nas pedras. Aqueles eram os pensamentos dele, disse a si mesma. Seus pensamentos embebidos no líquen.

Noite e dia ela via aquilo. Não sabia se Torak também via, pois tudo o que falava, quando falava, era sobre encontrar Thiazzi. Não parecia ter sobrado nele alguma coisa para prantear.

A neblina formigou em seu pescoço e ela se arrepiou. Estava cansada e tensa da travessia, e repleta de dor e de *solidão*. Nunca imaginara que podia se sentir tão solitária entre pessoas que ela amava.

À sua volta, caçadores apareciam e desapareciam nas trevas. Ela pensou em Thiazzi regozijando-se diante da opala de fogo. Um homem que sentia prazer na dor dos outros. Que vivia apenas para dominar.

A Maga Corvo estava aconchegada em seu canto debaixo de uma bolorenta pele de alce. Ao longo do inverno ela encolhera tanto que lembrava a Renn uma pele de água vazia. Raramente coxeava além do monte de refugo e, quando o clã mudava o acampamento, eles a carregavam numa padiola. Renn tentava imaginar o que mantinha batendo aquele coração murcho, e por quanto tempo o faria. A respiração de Saeunn já trazia um bafejo dos campos de ossos dos Corvos.

Tentando não acordá-la, Renn juntou suas coisas e abarrotou de suprimentos sacos feitos com tripa de auroque. Avelãs assadas, carne de cavalo defumada, farinha de raiz de ansarinha; e mirtilo seco para Lobo.

A pele de alce se agitou.

O coração de Renn parou.

A cabeça sarapintada emergiu da pele e os olhos empedernidos da Maga Corvo fitaram Renn.

— Pois é — disse Saeunn, numa voz parecida ao chocalhar de folhas mortas. — Está indo embora. Você deve saber aonde ele foi.

— Não — disse Renn. Saeunn sempre conseguia pôr sua garra numa fraqueza.

— Mas a Floresta é vasta... Você deve ter tentado ver aonde ele foi.

Ela se referia à Magia. As mãos de Renn se apertaram na pele de tripa.

— Não — murmurou.

— Por quê?

— Não pude.

— Mas você tem a habilidade.

— Não. Não tenho. — De repente, ela estava prestes a chorar. — Supostamente, consigo ver o futuro — disse ela com amargura —, mas não pude prever a morte dele. Do que *adianta* ser uma Maga se não pude prever isso?

— Você pode ser capaz de fazer Magia — ponderou Saeunn —, mas ainda não é uma Maga.

Renn pestanejou.

— Você saberá quando for. Embora talvez a sua língua saiba antes de você.

Enigmas, pensou Renn criticamente. Por que sempre enigmas?

— Sim, enigmas — disse Saeunn com um chiado na respiração que era quase uma risada. — Enigmas para você solucionar! — Fez uma pausa para recuperar o fôlego. — Estive jogando os ossos.

Torak apareceu na porta e lançou um olhar impaciente para Renn. Ela gesticulou para que ele fizesse silêncio.

— O que viu? — perguntou a Saeunn.

A Maga lambeu as gengivas com uma língua tão cinzenta quanto o mofo.

— Uma árvore escarlate. Um caçador com cabelos de cinza queimando por dentro. Demônios. Remexendo debaixo de pedras chamuscadas.

— Você viu aonde Thiazzi foi? — perguntou Torak bruscamente.

— Ah, sim... eu vi.

Fin-Kedinn surgiu ao lado de Torak, o rosto sombrio.

— Ele está seguindo para a Floresta Profunda.

— A Floresta Profunda — repetiu Saeunn. — Sim...

— Um grupo de Javalis acaba de chegar — disse Fin-Kedinn. — Vieram pelo Água Extensa. No vau, viram um homem grande numa canoa de tronco, seguindo para o Água Negra.

Torak assentiu.

— Ele é do Clã do Carvalho, que fica na Floresta Profunda. É claro que ele iria para lá.

— Levaremos duas canoas — disse Fin-Kedinn. — Mandei o clã ficar aqui enquanto nós estivermos rio acima.

— *Nós?* — perguntou Torak rispidamente.

— Eu vou com você — disse Fin-Kedinn.

— Eu também — disse Renn, mas eles a ignoraram.

— Por quê? — perguntou Torak a Fin-Kedinn. Com uma pontada de dor, Renn percebeu que ele não os queria. Torak ansiava fazer isso sozinho.

— Eu conheço a Floresta Profunda — disse Fin-Kedinn. — Você não.

— Não! — Saeunn disse furiosamente. — Fin-Kedinn. Você não deve ir!

Eles olharam para ela.

— Mais uma coisa os ossos revelaram, e isso é *certo*. Fin-Kedinn, você não alcançará a Floresta Profunda.

O coração de Renn ficou apertado.

— Então... iremos sem ele. Apenas Torak e eu.

Seu tio, porém, estava com a expressão que ela temia: a que lhe dizia que não adiantava discutir.

— Não, Renn — disse ele com uma calma aterrorizante. — Não podem fazer isso sem mim.

— Podemos sim — insistiu ela.

Fin-Kedinn suspirou.

— Vocês sabem que, desde o último verão, tem havido problemas entre os Auroques e os Cavalos da Floresta. Não deixarão forasteiros entrar. Mas eles me conhecem...

— Não! — gritou Renn. — Saeunn falou sério. Ela nunca se engana.

A Maga Corvo sacudiu a cabeça e deu outro suspiro.

— Ah, Fin-Kedinn...

— Torak, diga-lhe... — implorou Renn. — Diga-lhe que podemos fazer isso sem ele.

Mas Torak apanhou um saco de suprimentos e evitou os olhos dela.

— Venha — murmurou —, estamos perdendo tempo.

Fin-Kedinn pegou o outro saco das mãos dela.

— Vamos — disse ele.

CINCO

Lobo seguiu o cheiro do rastro.

Em volta dele, a Floresta acordava de seu longo sono, e a ave de rapina estava franzina de tanto raspar o Frio Macio Brilhante para conseguir sua comida. Lobo assustou um alce que mordiscava uma suculenta casca de plátano. Um bando de renas percebeu que ele não as estava caçando e ergueu as cabeças para vê-lo passar.

O detestável cheiro atravessou seu nariz. Muitos Claros e Escuros atrás, os sem-rabo malvados o tinham prendido num pequeno Covil de pedra e amarrado seu focinho para que ele não pudesse uivar. O sem-rabo malvado o deixara passar fome e pisara em seu rabo e, quando Lobo ganira de dor, ele *rira*. Depois, atacara seu irmão de alcateia. Lobo então pulara em cima do sem-rabo malvado, cravando as mandíbulas numa cabeluda pata dianteira, mastigando ossos e uma saborosa e suculenta carne.

Lobo trotou mais depressa. Ele não sabia por que procurava o Mordido – Lobos não caçam sem-rabo, nem mesmo os malvados –, mas sabia que precisava ir em frente.

O cheiro ficou mais forte. Através das vozes do vento e do vidoeiro e do pássaro, Lobo ouviu o sem-rabo mexer o Molhado com um pau. Pelo cheiro, soube que o sem-rabo não tinha cão.

Então ele o viu.

O Mordido deslizava Molhado acima no tronco de um carvalho. Lobo captou o brilho de uma grande garra de pedra no seu flanco. Captou o cheiro da seiva de pinheiro e de couro de rena, e do estranho, terrível Brilhante Bicho-que-Morde-Frio.

O terror apanhou Lobo em suas mandíbulas. O Mordido parecia destemido, confiante em sua força. Ele era muito, muito forte. Nem mesmo o Brilhante Bicho-que-Morde-Quente ousava atacá-lo. Lobo sabia disso porque vira o sem-rabo enfiar sua pata dianteira *bem no focinho do Bicho Brilhante* – e tirá-la sem estar mordida.

De muito trote adiante veio o alto e agudo uivo do osso de pássaro que Alto Sem-Rabo e a irmã de alcateia usavam para chamá-lo.

Lobo não sabia o que fazer. Ansiava em ir até eles; mas isso significaria voltar.

O osso de pássaro continuou chamando.

O Mordido continuava deslizando Molhado acima.

Lobo não sabia o que fazer.

￥￥

– Você o deixou escapar! – berrou Torak, tão furioso que se esqueceu de falar a língua dos lobos. – Ele estava bem ali e você o deixou escapar!

Lobo enfiou o rabo entre as pernas e se escondeu atrás de Fin-Kedinn, que estava ajoelhado, acendendo uma fogueira.

– Torak, pare com isso! – gritou Renn.

– Mas ele estava tão perto!

— Eu sei, mas não foi culpa dele. Foi minha!

Ele se virou para ela.

— *Eu* chamei Lobo — disse-lhe ela. — A culpa foi minha por ele ter deixado Thiazzi escapar. — Abriu a mão e Torak viu o pequeno apito de osso de tetraz que lhe dera dois verões antes.

— Por quê? — exigiu saber.

— Eu estava preocupada com ele. E você... você não parecia ligar. Isso o deixou ainda mais zangado.

— Claro que eu ligo! Por que eu não ligaria para Lobo?

Atrás de Fin-Kedinn, Lobo deixou cair as orelhas e, vacilante, balançou o rabo.

O remorso atingiu Torak. O que havia de errado com ele?

Lobo tinha saltitado tão alegremente para o acampamento e, orgulhosamente, havia contado a Torak como deixara de lado a trilha do Mordido, assim que ouvira o chamado dele. E ficou desconcertado quando Torak perdeu a calma. Ele não fazia ideia do que tinha feito de errado.

Torak caiu de joelhos e grunhiu-ganiu. Lobo correu para ele. Torak enterrou o rosto no seu cangote. *Eu sinto muito.* Lobo lambeu sua orelha. *Eu sei.*

— O que há de errado comigo? — murmurou Torak.

Fin-Kedinn, que havia ignorado sua explosão, mandou que ele fosse apanhar água. Renn olhou-o fixamente.

Torak agarrou a pele de água e correu para o raso.

Tinham passado a noite e a manhã seguinte subindo o rio Alce, parando apenas para breves descansos, e agora já estavam perto da queda-d'água onde a Água Extensa e a Água Negra se juntavam estrondosamente. Por duas vezes encontraram caçadores que tinham visto um homem grande seguindo contra a correnteza.

Ele está escapando, pensou Torak. Desabando sobre um toro, olhou furioso para o rio.

Era um dia tumultuado e a Floresta estava em desacordo consigo mesma. Um alce abandonado urrava tristemente. Nos juncos mortos do outro lado, duas lebres se agrediam com as patas dianteiras.

Torak captou o cheiro de fumaça de lenha e um apetitoso chiado de bolo achatado. Estava com fome, mas não podia se juntar aos outros. Sentia-se excluído da presença deles, como se estivesse preso atrás de uma porta: invisível, mas consistente como o gelo de meio de inverno. A profecia de Saeunn sobre seu pai adotivo o assombrava. E se Renn estivesse certa e Thiazzi estivesse preparando uma armadilha? E se ele, Torak, estivesse levando Fin-Kedinn para a morte?

Mesmo assim – ele não tinha escolha, a não ser prosseguir.

Lobo correu pelo barranco e largou um graveto aos pés de Torak como presente.

Torak o apanhou e o girou entre os dedos.

Você está triste, disse Lobo, abaixando uma das orelhas. *Por quê?*

O pele-pálida que cheira a peixe-cão, disse Torak em língua de lobo. *Sem-Bafo. Morto pelo Mordido.*

Lobo esfregou o flanco contra o ombro de Torak, e Torak se apoiou nele, sentindo seu sólido e peludo afeto.

Você caça o Mordido, disse Lobo.

Sim, disse Torak.

Por que ele é mau?

Porque ele matou meu irmão de alcateia.

Lobo observou uma libélula deslizar sobre a água. *E quando o Mordido ficar Sem-Bafo... o pele-pálida volta a ter bafo?*

Não, disse Torak.

Lobo inclinou a cabeça e olhou para Torak, seus olhos cor de âmbar intrigados. *Então... por quê?*

Porque, Torak quis lhe dizer, eu tenho de vingar Bale. Mas não sabia como dizer isso em língua de lobo e, mesmo se soubesse, não achava que Lobo entenderia. Talvez lobos não procurassem vingança.

Ficaram sentados lado a lado, observando os mosquitos dispararem por cima da água marrom. Torak captou o rápido movimento de uma truta e o seguiu mais para o fundo.

Ele sempre soube que havia diferenças entre ele e Lobo; mas Lobo não parecia entender isso. Às vezes, essa coisa o deixava frustrado, principalmente quando Torak não conseguia fazer tudo o que um lobo de verdade era capaz. Pensar nisso deixou Torak triste e ligeiramente inquieto.

Olhou em volta e viu que Lobo tinha sumido, e nuvens haviam escurecido o céu. Havia alguém nos juncos, do outro lado do rio, olhando para ele.

Era Bale.

Água escorria silenciosamente de seu gibão. Algas coalhavam seu cabelo corrido. O rosto tinha uma esverdeada palidez subaquática, e os olhos eram escuros como hematomas. Furiosos. Acusadores.

Torak tentou gritar. Não conseguiu. Sua língua se grudara no céu da boca.

Bale ergueu um braço gotejante e apontou para ele. Seus lábios se mexeram. Nenhum som saiu, mas o que expressaram foi claro. *Culpa sua.*

– Torak.

O encanto se quebrou. Torak virou-se com um tranco.

– Estive chamando você! – disse Renn, parada atrás dele, parecendo zangada.

Bale sumiu. Do outro lado do rio, juncos mortos rangeram com a brisa.

– O que há de errado? – indagou Renn.

– N-Nada – gaguejou ele.

– *Nada?* Seu rosto está da cor de cinzas.

Ele sacudiu a cabeça. Não teve coragem de contar a ela.

Renn encolheu dolorosamente os ombros.

– Tudo bem. Guardei um bolo achatado para você. – Estendeu-o, enrolado numa folha de labaça azeda para mantê-lo quente. – Pode comê-lo no caminho.

Da canoa, Renn observava Lobo correr por entre as árvores: num momento, erguia o focinho para captar o cheiro; no outro, farejava os arbustos.

Muitas vezes ele encontrou os lugares onde o Mago Carvalho tinha parado para comer ou acampar. Thiazzi não parecia ter pressa em chegar à Floresta Profunda, e isso inquietava Renn, embora não o mencionasse para os outros. Fin-Kedinn estava preocupado, ao passo que Torak...

Ela gostaria que ele se virasse e conversasse. Estava sentado na frente, as costas eretas e inflexíveis, enquanto vasculhava os barrancos atrás de vestígios de Thiazzi.

Furiosamente, ele mergulhava seu remo. Não se importava com coisa alguma, exceto encontrar o Mago Carvalho. Nem mesmo se Fin-Kedinn corria perigo.

Finalmente chegaram à queda-d'água e foram para a margem a fim de carregar as canoas para contorná-la. Lobo já trotava deliberadamente Água Negra acima.

– Que distância é até a Floresta Profunda? – perguntou Torak, ao baixarem a segunda canoa.

– Um dia – respondeu o Líder Corvo –, talvez mais.

Torak trincou os dentes.

– Se ele a alcançar, nós jamais o encontraremos.

– Talvez o encontremos – disse Fin-Kedinn. – Ele não está com pressa.

– Gostaria de saber por quê – disse Renn. – Talvez *seja* uma armadilha. E, mesmo se não for, ele logo saberá que está sendo caçado.

Fin-Kedinn concordou com a cabeça, mas não respondeu. O dia todo ele estivera distante e reservado e, de vez em quando, estreitava os olhos, como se a Água Negra trouxesse lembranças profundas.

Renn também não gostava daquilo. Ela não conhecia aquele rio, pois Fin-Kedinn nunca levara os Corvos para acamparem em suas margens, mas achava que seu nome era perfeito. O rio, ladeado por árvores sombrias, era tão turvo que ela não conseguia ver-lhe o fundo. Quando Renn se curvou, ele soltou seu cheiro azedo de folhas podres.

Assim que colocaram novamente as canoas na água, ela insistiu em ir na frente. Achava-se farta de olhar para as costas de Torak, imaginando o que ele estava pensando. Sem dúvida era sobre encontrar Thiazzi. Mas, perguntou-se, o que ele faria se o encontrasse? A lei do Clã proíbe matar um homem sem avisá-lo, portanto ele teria de desafiar o Mago Carvalho para uma luta. Tentou não pensar nisso. Torak era forte e muito bom numa luta, mas ainda não tinha completado quinze verões. Como poderia desafiar o homem mais forte da Floresta?

— Renn? — disse ele, fazendo-a saltar.

Ela virou-se.

— Quando uma pessoa está dormindo, você sabe se ela está sonhando? Isto é, observando-a?

Renn o encarou. Sua boca se preparou para falar, mas ele evitou seu olhar.

— Quando uma pessoa sonha — respondeu ela —, os olhos se mexem. É o que Saeunn diz.

Ele assentiu.

— Se me vir sonhando, você me acorda?

— Por quê? O que você vê, Torak?

Ele sacudiu a cabeça. Torak era como um lobo; se não quisesse fazer uma coisa, era impossível forçá-lo.

Mesmo assim, ela tentou.

— O que é? Por que não pode me dizer?

Torak abriu a boca e, por um momento, ela pensou que ele diria. Então seus olhos se arregalaram e ele agarrou o capuz dela, puxando-o com tanta força para baixo que ela bateu a têmpora na borda da canoa.

– Ai – berrou ela. – O que você...?

– Fin-Kedinn, abaixe-se – gritou Torak ao mesmo tempo.

Enquanto Renn lutava para se endireitar, algo passou sibilando por cima de sua cabeça. Ela viu Fin-Kedinn alcançar a faca e cortar alguma coisa; ela viu Lobo ganir como se picado por uma vespa e saltar para o ar. Ela viu uma linha tão fina quanto um fio de teia se romper e cair inofensivamente na água.

Seguiu-se um silêncio aflito. Renn endireitou-se, esfregando a têmpora. Torak conduziu a canoa para o meio do rio e apanhou a extremidade da linha.

– Estava tão esticada quanto a de um arco – disse ele.

Não precisou falar mais nada. Canoas seguindo velozes em direção a uma forte linha esticada entre árvores de margens opostas. À altura da cabeça.

A mão de Renn foi até o pescoço. Se Torak não a tivesse puxado, aquilo teria cortado sua garganta.

– Ele sabe que está sendo caçado – comentou Fin-Kedinn, levando sua canoa para o lado da deles.

– Mas... talvez ele não saiba que é Torak – observou Renn.

– Por que diz isso? – perguntou Torak.

– Se Thiazzi soubesse que é você – argumentou ela –, ele arriscaria matá-lo? Ele quer o seu poder.

– Talvez sim, talvez não – disse Fin-Kedinn. – Thiazzi é arrogante. Acima de tudo, ele acredita em sua própria força. E tem a opala de fogo. Pode ser que não pense que precisa do poder de um espírito errante. E, se isso é verdade – acrescentou –, significa que não importa quem quer que ele mate.

SEIS

A linha tinha feito um corte na perna dianteira de Lobo. O ferimento mal sangrava e ele não sentia dor, mas Torak insistiu para que fosse passado um unguento feito de folhas de milefólio com tutano, que ele fez Renn tirar de sua bolsa de remédios.

– Ele vai lamber tudo – disse-lhe ela, coisa que Lobo fez imediatamente.

Torak não ligou. Aquilo fez com que se sentisse um pouco melhor, embora não tivesse feito muita coisa por Lobo.

Ele escapara da linha por um triz. E se ele e Renn ou Fin-Kedinn tivessem sofrido por causa de seu erro? Só de pensar nisso, seu estômago revirou-se. Basta um erro, apenas um, e você tem de viver com as consequências para o resto de sua vida.

De cócoras na margem, esmagou um punhado de erva saponária molhada, formou uma espuma verde e lavou as mãos.

Ergueu a vista e descobriu que Fin-Kedinn o observava. Eles estavam sozinhos. Lobo matava a sede no raso, e Renn já estava na canoa.

Fin-Kedinn esvaziou a pele de água sobre as mãos de Torak.

— Não se preocupe comigo – disse ele.

— Mas eu me preocupo – retrucou Torak. – Saeunn falou sério.

O Líder Corvo deu de ombros.

— Presságios. Não se deve viver a vida com base no que *poderia* acontecer. – Pendurou a pele de água a tiracolo. – Vamos.

Seguiram Lobo pelo Água Negra acima até tarde da noite, então dormiram debaixo das canoas e partiram antes do amanhecer. À medida que a tarde se esvaía, a Floresta se fechava. Abetos atentos se aglomeravam nas margens, com barba-de-velho escorrendo, e até mesmo as árvores ainda desnudas estavam vigilantes. As folhas dos carvalhos do outono passado matraqueavam ao vento, e botões de freixos cintilavam como pequeninas lanças negras.

Finalmente, as colinas que margeiavam a Floresta Profunda se ergueram diante dos olhos. Torak as alcançara dois verões antes; porém, na ocasião, estivera mais além, ao norte. Ali, elas eram mais íngremes, mais rochosas: paredes perpendiculares de pedra cinzenta, golpeada e talhada como se por um machado gigante. Os gritos martelantes de tetrazes negras ecoavam como pedras cadentes.

Quando a luz começou a esmorecer, Lobo saltou para o rio e o atravessou a nado. Uma vez na margem norte, deu uma boa sacudidela e se foi. Então fez o caminho de volta, farejando a lama.

Eles margearam o raso, e Torak saiu para examinar a mixórdia de rastros. Não era de se admirar que Lobo estivesse intrigado: os rastros estavam quase ilegíveis, como se, recentemente, um javali tivesse chafurdado ali.

— Não é apenas Thiazzi – observou Torak. – Vê aquela marca de calcanhar? Não é tão pesado, e o peso está mais para a parte de dentro do pé.

— Então há alguém com ele? – disse Renn.

Ele mordeu o polegar.

— Não. As pegadas de Thiazzi são mais escuras, e um besouro rastejou sobre as do outro, mas não sobre as dele. Sejam de quem for, elas são anteriores.

Lobo havia farejado alguma coisa. Deixando as canoas, foram atrás dele até uma vala cortada por um riacho que desembocava no Água Negra.

Vinte passos acima, Torak parou.

A pegada gritava para ele da lama. Atrevida, zombeteira. *Estou aqui*. Thiazzi pressionara sua marca para que todos a vissem.

— O Mago Carvalho — disse Fin-Kedinn.

Ela revelou a Torak mais do que isso. Se você souber lê-la, uma única pegada é uma paisagem capaz de contar uma história completa. Torak sabia. E, antes de deixar a Ilha da Foca, ele estudara as pegadas de Thiazzi até conhecer cada detalhe.

Descobriu mais coisas. Fez a vala revelar seus segredos.

— Ele deixou sua canoa de tronco no raso — disse, finalmente —, depois subiu até aqui. Carregava algo pesado no ombro esquerdo, talvez seu machado. Então voltou pelo mesmo caminho, sobre suas pegadas, entrou na canoa e saiu remando. — Cerrou os punhos. — Ele está bem alimentado e descansado, movimentando-se com velocidade. Está adorando isto.

— Mas por que ele veio aqui? — quis saber Renn, olhando em volta.

— Não estou gostando disso — disse Fin-Kedinn. — Lembram-se da linha? Vamos voltar para os barcos.

— Não — disse Torak. — Quero saber o que ele andou fazendo.

Fin-Kedinn suspirou.

— Mas não vamos muito adiante.

Cautelosamente, eles avançaram: Torak e Lobo na frente, depois Renn, com Fin-Kedinn na retaguarda.

As árvores rarearam e Torak trepou entre duas enormes pedras caídas, enquanto Lobo saltitava ligeiramente adiante. A trilha guinava à direita. As árvores terminaram.

Torak se descobriu numa imensa e desolada colina de rocha nua. Cem passos acima, o cume estava riscado de preto, como se por fogo. Diante dele, a encosta era um caos de árvores caídas, jogadas ali por uma enchente, com pedras saltando na paisagem como dentes quebrados. Abaixo, o Água Negra serpeava em volta da base da colina e desaparecia entre duas pedras altas que se inclinavam loucamente uma em direção à outra. Mais além dessas grandes mandíbulas de pedra, assomavam os carvalhos e os abetos denteados da Floresta Profunda.

Lobo empinou as orelhas. *Uff!*, latiu baixinho.

Torak seguiu seu olhar. Debaixo dos salgueiros que pendiam sobre o rio, ele viu o lampejo de um remo.

Lobo saltou para baixo da encosta. Torak correu atrás dele, quase perdendo o equilíbrio quando um tronco de árvore se deslocou debaixo de sua bota.

– Torak – sussurrou Renn atrás dele.

– Mais devagar – alertou Fin-Kedinn.

Torak os ignorou. Não podia agora deixar sua presa escapar.

De repente, ali estava ele, a menos de cinquenta passos de distância: levando a canoa de tronco com longas e possantes remadas em direção à Floresta Profunda.

Cambaleando e guinando por cima de árvores caídas, Torak puxou uma flecha de sua aljava e encaixou no arco. Não ouvia mais os outros. Tudo o que ele escutava era o chapinhar do remo de Thiazzi, tudo o que ele enxergava era o comprido cabelo ruivo se erguendo com a brisa. Esqueceu a lei do clã, esqueceu tudo, exceto a necessidade de vingança.

Um toro rolou debaixo dele. Alguma coisa agarrou seu calcanhar. Ele esperneou para se livrar. Atrás dele, um ruidoso estalido. Olhou em volta. Num instante compreendido entre duas batidas de coração, ele percebeu no chão a linha presa ao toro-gatilho, sua extremidade afiada e lambuzada com lama para esconder a madeira recém-cortada.

A montanha de toros começou a se movimentar. *Seu idiota. Outra armadilha.* Então os toros trovejaram em sua direção, ele gritou um alerta para os outros e saltou para a pedra grande mais próxima, enfiando-se no pequeno vão embaixo dela; e os toros quicaram acima dele, despedaçando-se no rio, erguendo colunas de água. Apertado debaixo da pedra, Torak ouviu a gargalhada ecoar de colina a colina. Imaginou a canoa de Thiazzi deslizando pelo meio das grandes mandíbulas de pedra, desaparecendo na Floresta Profunda.

 Então a encosta inteira começou a ceder, e Fin-Kedinn gritava:

— Renn! *Renn!*

SETE

O silêncio era ensurdecedor aos ouvidos de Torak. Pó fechava sua garganta.

– Renn? – chamou.

Nenhuma resposta.

– Fin-Kedinn? Lobo?

As pedras lançaram de volta o som de seu terror.

Ele estava espremido debaixo de um emaranhado de rebentos que tinham caído em cima de sua pedra. Uma onda de pânico. Ele estava preso. Debateu-se loucamente. Os rebentos cederam. Empurrou o corpo para fora e sofregamente engoliu ar.

– Renn! – gritou. – Fin-Kedinn!

Lobo apareceu no cume da colina e desceu correndo para ele, suas garras tinindo na pedra. Torak não precisou dizer nada. Um rápido esfregar de nariz e começaram a busca. Troncos de árvores se deslocavam e rangiam de modo agourento. Alguém choramingava, "Não,

não, eles não, por favor, eles não". Torak levou algum tempo para reconhecer aquela voz como sua.

Uma lufada de asas e Rek brilhou num galho a dez passos de distância. Lobo correu na direção dela e latiu. Torak cambaleou atrás deles.

Por entre os galhos, ele viu uma massa de cabelo ruivo-escuro.

– Renn?

Arrancou os galhos, arrastou os rebentos para fora do caminho. Enfiando o braço numa abertura, agarrou sua manga.

Ela gemeu.

– Você está bem?

Ela tossiu. Murmurou alguma coisa que devia ser um sim.

– Há uma abertura, vou aumentá-la. Dê-me sua mão, vou puxar você daí. – Como se tratava de Renn, ela primeiro empurrou para fora seu arco, depois se contorceu para sair. Seus olhos estavam arregalados mas, fora alguns arranhões, estava ilesa.

– Fin-Kedinn – disse ela.

– Não consegui encontrá-lo.

Escorria sangue do rosto dela.

– Ele salvou a minha vida. Jogou-me para fora do caminho.

Lobo estava ao lado deles, sobre os restos de abetos mortos, olhando abaixo para o meio de suas patas dianteiras. As orelhas estavam empinadas. Ansiosamente, ele olhou para seu irmão de alcateia.

Os abetos estavam em cima de uma enorme faia, por sua vez atravessada sobre mais abetos. Debaixo da faia, jazia Fin-Kedinn.

– Fin-Kedinn? – A voz de Renn saiu trêmula. – *Fin-Kedinn!*

Os olhos do Líder Corvo permaneciam fechados.

Nervosamente, eles arrastaram os galhos e os troncos. Houve um estalido e a pilha inteira estremeceu. Eles não falavam, por temer um desastre.

O sol se pôs, e eles continuavam trabalhando. Finalmente abriram um caminho para a faia. Esta não saía do lugar. Torak usou um rebento como cunha abaixo dela e empurrou com toda a sua força. A faia se moveu ligeiramente.

— Temos de puxá-lo daí – disse Renn.

Foram necessários os dois para arrastá-lo e soltá-lo. Mesmo assim, ele não se mexeu. Renn colocou seu pulso sobre os lábios dele para sentir a respiração. Torak notou a garganta dela trabalhar.

Carregando-o e arrastando-o, finalmente conseguiram chegar à rocha maciça. No flanco oriental da colina, defronte à Floresta Profunda, Torak encontrou uma saliência. A área embaixo dela era grande o bastante para abrigá-los, se bem que não grande o suficiente para ficarem de pé.

Renn ajoelhou-se ao lado de seu tio, torcendo as mãos. Rip e Rek bateram sua asas e crocitaram. Lobo farejou a têmpora do Líder Corvo. Então ganiu tão alto que feriu os ouvidos de Torak. E continuou ganindo.

Os olhos de Fin-Kedinn pestanejaram.

— Onde está Renn? – murmurou.

Ao suportar o peso das outras árvores, a faia tinha salvado a vida de Fin-Kedinn, mas esmagara o lado esquerdo de seu peito.

Renn começou a trabalhar, tirando sua parca e cortando os cordões de seu gibão. Agia o mais delicadamente possível, mas a dor era tanta que ele quase desmaiou.

— Três costelas quebradas – disse ela, ao sondar com os dedos as costas dele.

Fin-Kedinn assobiou. Seus olhos estavam fechados, a pele era viscosa e cinzenta. Sua respiração, fraca, e Torak podia ver que inspirar e expirar eram como facadas em seu peito.

— Ele vai viver? – perguntou Torak, em voz baixa.

Renn olhou-o fixamente.

— Ele está sangrando por dentro? — cochichou Torak.

— Não sei. Se ele sangrar pela boca...

Os lábios de Fin-Kedinn se torceram num sorriso amarelo.

— Então acabou-se. Saeunn tinha razão. Não chegarei à Floresta Profunda.

— Não fale — pediu Renn.

— Dói menos do que respirar — disse seu tio. — Onde estamos?

Torak lhe disse.

Ele gemeu.

— Ah, aqui não! Não na colina!

— Não podemos movê-lo, não esta noite — disse Renn.

— Este é um lugar ruim — murmurou Fin-Kedinn. — Assombrado. Mau.

— Chega de falar — advertiu Renn, cortando tiras da bainha de seu gibão para fazer ataduras.

Lobo estava deitado ao lado dela, o focinho entre as patas. Rip e Rek andavam para lá e para cá com o rijo caminhar de corvo. Torak observava Fin-Kedinn virar a cabeça de um lado para outro. Ele nunca se sentira tão impotente.

Renn mandou que fosse apanhar lenha para uma fogueira, e Torak saiu apressado. Suas mãos tremiam e ele continuava deixando cair os gravetos. Pensou, se a faia tivesse caído de um modo um pouquinho diferente, ela teria esmagado seu esterno, e estaríamos colocando Marcas da Morte. Teria sido minha culpa. Eu poderia ter matado a todos nós.

De onde estava, a colina descia para o Água Negra. Uma trilha de veado serpenteava ao longo de sua margem, passava por uma das mandíbulas de pedra e penetrava na Floresta Profunda. Imaginou o Mago Carvalho desaparecendo nas sombras. Ele tinha estado tão perto.

De volta à saliência, Fin-Kedinn tinha caído num torpor inquieto, e Renn estava de joelhos com um punhado de iscas de casca de vidoeiro, a cara fechada, tentando sem sucesso produzir uma faísca com seu trisca-fogo.

— Ora, então vá — disse ela, sem olhar para cima.
— O que está dizendo? — perguntou Torak.
— Vá atrás dele. É isso que você quer.
Ele encarou-a.
— Não vou deixar vocês.
— Mas você quer.
Ele hesitou.
— Demorará dias para levar Fin-Kedinn de volta ao clã — disse ela, ainda fracassando na tentativa de conseguir uma faísca. — E, durante todo esse tempo, Thiazzi continuará fugindo. É nisso que está pensando, não é?
— Renn...
— Você jamais quis que a gente viesse! — explodiu. — Pois bem, eis sua chance de se livrar de nós!
— Renn!
Eles se encararam, pálidos e trêmulos.
— Eu não vou deixar vocês — repetiu Torak. — Pela manhã, trarei as canoas. Então pensaremos no que fazer.
Furiosamente, Renn conseguiu uma faísca. Seus lábios tremiam enquanto ela lhe soprava vida.
Torak ajoelhou-se e ajudou a alimentar o fogo com gravetos, depois com galhos. Quando o fogo estava totalmente desperto, ele segurou a mão dela e apertou-a com tanta força que doeu.
— Ele nos derrotou — disse ela.
— Por enquanto — retrucou ele.

A noite se adensava, e a fatia de lua fugia pelo céu. Renn disse que aquilo deveria encorajá-los; a lua ficaria mais forte e, consequentemente, Fin-Kedinn também. Torak achou que ela tentava convencer a si mesma.

Enquanto ela cuidava de Fin-Kedinn, Torak apanhou o material que traziam nas canoas, depois usou galhos para transformar a saliência num abrigo tosco, deixando uma abertura para a fumaça. Achou uma moita de confrei perto do rio, e Renn esmagou suas raízes para fazer um cataplasma, enquanto ele, com as folhas, fazia um chá forte numa tigela de casca de vidoeiro fabricada rapidamente. Juntos, enfaixaram as costelas de Fin-Kedinn. A amarração tinha de ser forte, para ajudar a endireitar os ossos quebrados. Quando ficou pronta, os três estavam suando e pálidos.

Depois disso, Renn alimentou a fogueira com galhos de junípero e soprou um pouco da fumaça para dentro do abrigo, a fim de expulsar os vermes de doenças. Torak enfiou uma tira de carne seca de cavalo na fenda de uma pedra para agradecer à Floresta por deixar seu pai adotivo viver. Então, como estavam ambos famintos, compartilharam mais carne. Fin-Kedinn não quis comer nada.

A lua se assentou, e a inquietação dele aumentou.

— Não deixe o fogo morrer — murmurou. — Renn. Desenhe linhas de poder em volta do abrigo.

A garota lançou um olhar preocupado para Torak. Se seu juízo estava vagueando, era um mau sinal.

Torak notou que os corvos não tinham se empoleirado, mas saltitavam cautelosamente entre as pedras, enquanto Lobo permanecia na entrada do abrigo, observando a escuridão mais além da luz da fogueira. Torak teve a apreensiva sensação de que eles montavam guarda.

Renn pegou a bolsa de remédios e foi desenhar as linhas.

— Não vá muito longe — alertou Fin-Kedinn.

Torak alimentou a fogueira com mais um galho.

— Você falou que este era um lugar ruim. O que quis dizer?

Fin-Kedinn observou as chamas.

— Nada cresce agora aqui. Nada cresce desde... que os demônios foram forçados a recuar para dentro das pedras. — Fez uma pausa. — Mas eles estão perto, Torak. Eles querem sair.

Torak mergulhou um pedaço de musgo no copo e esfriou a testa de seu pai adotivo. Renn ficaria zangada por ele deixar que Fin-Kedinn falasse, mas Torak precisava saber.

– Conte-me – disse ele.

Fin-Kedinn tossiu e Torak segurou seus ombros. Quando acalmou-se, a pele em volta dos olhos do Líder Corvo tinha uma coloração azulada.

– Muitos verões atrás – disse ele –, esta colina era densa de vegetação. Vidoeiros, sorveiras, em fendas entre as pedras. Mantinham os demônios dentro delas. – Mudou de posição e estremeceu. – Noite da Alma. Muito tempo no passado. Pessoas vieram para tirá-los.

Renn retornou e se ajoelhou a seu lado.

– Mas os demônios não conseguiram sair, não foi? – disse ela. – Eu os sinto debaixo das pedras, muito próximos.

– Um homem os deteve – continuou Fin-Kedinn. – Ele fez uma fogueira na colina. Baniu os demônios de volta para as pedras. Mas o fogo escapou. – Umedeceu os lábios. – Terrível... Ele é capaz de saltar para uma árvore mais depressa do que um lince, e, quando faz isso... quando chega aos galhos... vai aonde quiser. Vocês não acreditariam com que velocidade. Ele devorou todo o vale.

Torak começou a sentir medo.

– Alguém se feriu?

Fin-Kedinn fez que sim.

– Encurralado. Queimaduras terríveis. Um morto. – Fez uma careta, como se cheirasse carne queimada.

Torak esquadrinhou a escuridão.

– Que lugar *é* este? – sussurrou.

– Não sabe? – indagou Fin-Kedinn.

Os pelos nos braços de Torak se eriçaram.

– Foi onde...?

– Sim. Foi aqui que seu pai despedaçou a opala de fogo. Onde ele quebrou o poder dos Devoradores de Almas.

No meio da noite, uma raposa resfolegou. De muito longe, veio o grave "uu-hu, uu-hu" de uma coruja. Torak e Renn trocaram olhares. Era um bufo-real.

Renn disse:

— Quando eu estava desenhando as linhas de poder, senti uma presença. Não apenas de demônios. De algo mais. Perdido. Procurando.

— Há espíritos aqui – disse Fin-Kedinn. – Daquele que morreu.

Chamas saltaram nos olhos escuros de Renn.

— O sétimo Devorador de Almas.

O Líder Corvo não respondeu.

Uma brasa desabou em meio a uma chuva de faíscas. Torak deu um pulo.

— Você estava aqui naquela noite? – perguntou.

— Não. – A dor contraiu as feições de Fin-Kedinn. Torak não achou que tivesse sido causada pelas costelas quebradas. – Após o grande incêndio – prosseguiu Fin-Kedinn –, sua mãe e seu pai me procuraram. Eles me imploraram para que os ajudasse a fugir.

Renn pousou a mão em seu ombro.

— Você precisa descansar. Não fale mais.

— Não! Eu preciso contar isso! – Ele falou com uma força espantosa, e seu ardente olhar azul permaneceu no de Torak. – Eu estava com raiva. Queria me vingar dele... por ter ficado com a sua mãe. Eu os mandei embora.

Torak ouviu o estalido de garras de corvo sobre pedra. Olhou no rosto de seu pai adotivo e desejou que não fosse verdade, mas sabia que era.

— No dia seguinte – disse Fin-Kedinn –, me arrependi. Fui atrás deles. Mas tinham sumido. Fugido para a Floresta Profunda. – Fechou os olhos. – Nunca mais os vi novamente. Se eu os tivesse ajudado, ela talvez tivesse vivido.

Torak tocou sua mão.

— Você não tinha como saber o que poderia ter acontecido.

O sorriso do Líder Corvo foi amargurado.

– É o que se diz a si mesmo. Isso ajuda?

Lobo saltou com um rosnado e correu atrás de uma presa que apenas ele poderia ter percebido. Uma brasa deslocou-se da fogueira. Torak empurrou-a de volta com sua bota. De repente, a luz pareceu um frágil escudo contra a escuridão.

– Mantenham o fogo luzente – recomendou Fin-Kedinn. – E fiquem acordados. Demônios. Espíritos. Eles sabem que estamos aqui.

A Escolhida observa os incrédulos dormirem, e anseia puni-los e libertar o fogo.

A garota que despertou o fogo fez isso de modo errado e sem respeito. Ela é uma incrédula. Ela não segue o Caminho Verdadeiro.

O garoto jogou um galho no fogo e o chutou. Ele também perdeu o Caminho.

O Amo saberá disso. O Amo respeita o fogo, e o fogo o respeita. O Amo castigará os incrédulos.

O fogo é sagrado. Ele deve ser respeitado, pois ele é a pureza e a verdade. A Escolhida ama o fogo por causa de seu tremendo brilho e de sua fome pela Floresta, por causa de sua terrível carícia. A Escolhida anseia estar junto novamente com o fogo.

O vento muda e a Escolhida se movimenta para se arrastar no bafejo do fogo, para beber seu sagrado amargor. A mão da Escolhida colhe cinzas. Cinzas são amargas na língua, pesadas na barriga. São o poder e a verdade.

O homem ferido geme em sonhos dolorosos. O sono do garoto também é perturbado, mas a garota dorme como um morto. E, acima deles, lobo e corvos mantêm vigília – enquanto o fogo, não vigiado, declina. Aviltado.

A ira se acende no peito da Escolhida.

Os incrédulos são malvados.

Eles precisam ser castigados.

OITO

Torak acordou antes do amanhecer. O lume da fogueira estava baixo. Os outros ainda dormiam: Renn deitada de lado, um dos braços arremessado para a frente, Fin-Kedinn franzindo a testa, como se doesse até mesmo dormir. Ambos pareciam inquietantemente vulneráveis.

Em silêncio, Torak escorregou para fora de seu saco de dormir e rastejou além da entrada do abrigo.

Abaixo dele, na encosta, um carcaju ergueu-se nas patas traseiras para sentir seu cheiro, e abaixou-se novamente. Isso revelou a Torak que Lobo devia ter ido caçar. Se ele estivesse perto, o carcaju teria ficado longe. Com uma pontada de apreensão, Torak imaginou o que mais teria conseguido rastejar para perto dali.

Abaixo dele, o vale do Água Negra flutuava na neblina. A Floresta vibrava com o canto dos pássaros, mas os corvos tinham sumido.

Na colina, ele não conseguia ver nada, a não ser rocha nua. Subiu até o cume. Nada. Apenas um velho toco de árvore na encosta ocidental, suas raízes ainda agarradas às fendas assombradas pelos demônios. Pensou em seu pai, que havia despertado os acontecimentos que o tinham levado àquele lugar. Ficou chocado ao se dar conta de que mal conseguia se lembrar do rosto de Pa.

Quando a luz deslizou para o céu, ele avistou uma leve trilha orvalhada de pés com botas. Sacando a faca, seguiu-a contornando a saliência acima do abrigo. Perto da borda, encontrou um pequeno cone contendo delicadas cinzas. Franziu a testa. Alguém as despejara com todo o cuidado, como uma oferenda. Alguém que os observara durante a noite.

Ele captou um movimento rápido na neblina perto do rio. Seu coração se contraiu.

Havia alguém na margem, olhando acima para ele. O rosto era indistinto; o cabelo, longo, claro. Um braço se ergueu. Um dedo apontou para ele. Acusador.

Torak tocou a bolsa de remédios no quadril e sentiu a forma do chifre em seu interior. Embainhou a faca e começou a descer a colina. Temia ficar cara a cara com o espírito de Bale. Mas talvez pudesse falar com ele. Talvez pudesse dizer que sentia muito.

Os pássaros tinham parado de cantar. De cada lado da trilha, cicutas flutuavam num branco vaporoso.

Passadas vinham em sua direção.

Um homem com o olhar transtornado irrompeu da neblina e oscilou para cima dele.

– Ajude-me! – ofegou, agarrando a parca de Torak e olhando para trás sobre o ombro.

Cambaleando por causa do peso dele, Torak sentiu o fedor de sangue e terror.

– *Ajude-me!* – implorou o homem. – Eles... eles...

– Quem?

– A Floresta Profunda! – Espirrando sangue no rosto de Torak, o homem brandiu seu toco. – *Eles cortaram a minha mão!*

— Vocês são loucos em querer ir ali — rosnou o homem, quando Renn terminou de enfaixar seu toco. Parara de tremer, mas, sempre que uma brasa estalava, ele estremecia.

Disse que seu nome era Gaup, do Clã do Salmão. Sua parca e suas perneiras eram de uma turva pele de peixe guarnecida com pelo de esquilo, e uma de suas faces exibia a tatuagem sinuosa de seu clã. Em volta do pescoço, usava uma suada faixa de pele enegrecida de salmão, e pequenas espinhas de peixe estavam trançadas em seu cabelo claro, fazendo com que Torak se lembrasse de Bale.

— E foi o povo da Floresta Profunda que fez isso? — indagou Fin-Kedinn. Ele estava sentado com as costas apoiadas em uma pedra, o aspecto selvagem, respirando através dos dentes trincados.

— Eles juraram que, se me vissem novamente, seria a vez da minha cabeça.

— Mas cuidaram para que você sobrevivesse — observou Renn. — Queimaram o ferimento com pedra quente para que você não sangrasse até a morte.

— Quer dizer que eu deveria agradecer a eles? — retrucou Gaup.

— Que tal agradecer a Renn por costurar o seu toco? — sugeriu Torak.

Gaup lançou-lhe um olhar irritado. Ele também não tinha agradecido a Torak por levá-lo até o abrigo e ter lhe dado comida e água. E Torak não deixara passar o cheiro de cinzas no calcanhar de sua bota.

Em voz alta, Torak disse:

— Quando esteve na Floresta Profunda, viu um homem numa canoa de tronco? Um homem grande, muito forte?

— Por que eu ligaria para isso? — vociferou Gaup. — Eu procurava pela minha filha! Quatro verões de idade, e eles a levaram!

Torak olhou para Renn. Ela tinha pensado a mesma coisa. Devoradores de Almas pegam crianças como hospedeiros para demônios. Para fazerem *tokoroths*.

Fin-Kedinn mudou de posição. Torak pôde perceber que seus pensamentos corriam.

— Cortar a mão — disse ele — foi um castigo pelo período ruim após a Grande Onda. Foi proibido há muito tempo pelos clãs. Quem lhe fez isso?

— O Clã do Auroque.

— O *quê*? — O Líder Corvo pareceu incrédulo.

— Pensei que iam me ajudar — disse Gaup. — Eles me deram comida. Mandaram que eu descansasse junto à fogueira deles. Então disseram que eu estava de conluio com os Cavalos da Floresta. E *me* acusaram de roubar uma de *suas* crianças.

Mais crianças roubadas, pensou Torak. A fuga de Thiazzi para a Floresta Profunda parecia se transformar em outra coisa.

— Eles disseram que os Cavalos da Floresta começaram isso — prosseguiu Gaup. — Os Cavalos da Floresta plantaram uma vara de maldição e reivindicaram como seus limites a terra entre o Água Negra e o Rio Sinuoso. Os Auroques queimaram a vara de maldição. Então o Mago Cavalo da Floresta morreu de doença, e o novo Mago achou um dardo no cadáver. Agora todos os clãs tomaram partido. Todos têm de usar faixa de cabeça: verde para Auroque e Lince, marrom para Cavalo da Floresta e Morcego. — Ele olhou desconfiado para a faixa de cabeça de couro de gamo de Torak.

— Quando você esteve com os Auroque — perguntou Torak —, havia um homem grande entre eles?

— Por que continua perguntando? — disse Gaup. Sem jeito, ele rastejou em direção à saída. — Já perdi muito tempo, vou buscar o meu clã. Nós *faremos* com que eles a devolvam!

— Gaup, espere — ordenou Fin-Kedinn. — Iremos juntos. Você e eu.

Renn e Torak olharam para ele. Gaup fez o mesmo.

— Vamos encontrar o seu clã — disse o Líder Corvo — e também o meu. Pegaremos sua filha de volta... sem derramar mais sangue.

— Como? — quis saber Gaup. — Eles não atenderão, eles não *são* como a gente!

— Gaup — falou Fin-Kedinn com firmeza —, isto é o que nós faremos.

Os ombros de Gaup arriaram. De repente, ele era apenas um homem ferido que precisava que mais alguém tomasse as decisões.

Depois disso, as coisas aconteceram depressa. Torak apanhou uma das canoas, e ele e Renn ajudaram Fin-Kedinn a descer até o rio. Renn o ajeitou do modo mais confortável possível na canoa; para combater a febre deu-lhe entrecasca de salgueiro para mastigar e avelãs para manter sua força. Torak percebeu que ela estava aflita de preocupação.

— Como vocês vão conseguir? — perguntou ela a seu tio, quando Gaup estava fora do alcance da voz.

— Viajaremos rio abaixo — explicou Fin-Kedinn. — A corrente nos levará.

— E se Gaup adoecer e ficar fraco demais para remar?

— Ele ficará bem — disse-lhe Torak. — Você é melhor curandeira do que imagina.

— Você só diz isso porque quer assim — rebateu ela. — Porque isso o deixa livre para caçar Thiazzi.

Torak não respondeu. Ela tinha razão.

Renn deu-lhe um olhar de banda e seguiu para a canoa.

— Eu vou com vocês — avisou ela a Fin-Kedinn.

— Não — disse ele. — Torak precisa mais de você.

Torak ficou atônito.

— Você deixará que ela vá comigo? Após eu quase causar a sua morte, por não ter visto aquela armadilha?

— Você cometeu um erro — disse Fin-Kedinn. — Não cometa outro.

— Mas você mal consegue andar! — berrou Renn. — E se acontecer alguma coisa? E se... — Ela não conseguiu continuar.

— Renn — disse Fin-Kedinn. — Não percebe que agora há mais coisas em jogo do que eu ou você ou Torak? Thiazzi não está simplesmente se escondendo na Floresta Profunda, ele está tramando alguma coisa. É o destino de Torak detê-lo. E precisará de sua ajuda.

Falava num tom que não admitia recusa, e Renn não discutiu. Logo depois, porém, incapaz de vê-lo partir, ela saiu correndo.

– O que você vai fazer? – perguntou Torak a seu pai adotivo, assim que ela sumiu de vista.

– Tentar impedir uma guerra – respondeu Fin-Kedinn.

Guerra. Torak mal sabia o que significava.

– Acha que é tão grave assim?

– Você não? Os clãs da Floresta Profunda não mais confiam na Aberta, não depois da doença e do urso demônio. Se o Clã do Salmão avançar contra eles, poderá ser a centelha que acenderá o pavio. – Um espasmo de dor o dominou, e ele agarrou a lateral da canoa. – Escute-me, Torak. Procure o Clã do Veado-Vermelho. Por causa de sua mãe, eles o ajudarão. Se não conseguir encontrá-los, procure o Mago Auroque. Seu clã agiu selvagemente, mas tenho certeza de que ele não aprovou isso. Eu o conheço. É um homem bom.

Gaup retornou, impaciente para partir, e Torak ajudou-o a entrar na canoa.

– Procure o clã de sua mãe – repetiu Fin-Kedinn. – Até encontrá-lo, fique escondido. Trepe em árvores, se for preciso; as pessoas da Floresta Profunda são como veados, raramente olham para cima. E *não* machuque nenhum dos cavalos negros da floresta. Eles são sagrados. É proibido até mesmo tocar neles. – Então fez algo que nunca fizera antes. Apertou a mão de Torak.

Ele não conseguiu falar. Pa fizera a mesma coisa, quando estava deitado, morrendo.

– Torak... – Os olhos azuis perfuraram os seus. – Você procura vingança. Mas não deixe que isso domine o seu espírito.

Com seu remo, Gaup empurrou a canoa para longe da margem, forçando Torak a largar a mão de seu pai adotivo.

– A vingança queima, Torak – disse Fin-Kedinn, quando o rio o levou para longe. – Queima seu coração. Faz a dor piorar. Não deixe que isso aconteça com você.

Renn tinha corrido encosta acima em direção ao abrigo. Não podia suportar a visão do Água Negra levar embora seu tio.

Então, mudou de ideia e correu novamente para baixo. Tarde demais. Fin-Kedinn tinha sumido.

Num estado de torpor, ela voltou ao abrigo. Colocou a tiracolo o saco de dormir, o arco e flecha, e pisoteou a fogueira. Disse a si mesma que Gaup levaria Fin-Kedinn de volta em segurança ao clã. Mas a verdade era que podia acontecer qualquer coisa. Fin-Kedinn talvez sucumbisse à febre, ou começasse a sangrar por dentro. Gaup talvez o abandonasse. E talvez ela nunca mais o visse.

Quando chegou ao rio, Torak havia sumido; talvez tivesse ido apanhar a outra canoa. Ela não podia ficar sem fazer nada, então livrou-se do saco de dormir e cambaleou ao longo da trilha que levava à Floresta Profunda.

Parou bem perto das mandíbulas escancaradas. A neblina tinha se dissipado, e as pedras reluziam ao sol. À sua esquerda, uma encosta de amieiros e vidoeiros cochichava segredos. À sua direita, o Água Negra passava furtivamente, serpeante. Vinte passos adiante, as árvores de abeto da Floresta Profunda vigiavam suas costas. Eram mais altas do que suas irmãs da Floresta Aberta e, debaixo de seus braços musguentos, sombras se movimentavam constantemente.

Certa vez, Torak alcançara os limites da Floresta Profunda, mas Renn nunca estivera tão perto assim. Aquilo a encheu de medo.

A Floresta Profunda era diferente. Suas árvores, mais alertas, seus clãs mais desconfiados; dizia-se que ela abrigava criaturas que havia muito tempo tinham desaparecido de outros lugares. E, no verão, o Espírito do Mundo espreitava seus vales como um homem alto com galhada de veado.

Do nada, Rip e Rek arremeteram, assustando-a. Então se foram, desaparecendo no céu com grasnados de alarme.

Renn não conseguia ver nada de errado mas, por via das dúvidas, saiu da trilha e ficou imóvel atrás de um arbusto de junípero.

No limite da Floresta Profunda, as sombras debaixo dos pés de abeto se fundiram – e se tornaram um homem. Então outro. E mais outro.

Renn prendeu a respiração.

Os caçadores emergiram sem fazer qualquer som. Suas roupas de casca de árvore tecida eram mosqueadas de marrom e verde, como folhas no solo da Floresta; Renn achou difícil dizer onde terminavam os homens e começavam as árvores. Cada caçador usava uma faixa de cabeça verde – ela não conseguia se lembrar que grupo era aquele – e cada cabeça estava coberta por uma fina rede verde. Esses caçadores não tinham rosto. Não eram humanos.

Um deles ergueu a mão, os dedos manchados de verde tremulando num complexo sinal que nada significava para ela. Os outros subiram a encosta à esquerda dela.

Um caçador passou a poucos passos de onde Renn estava agachada. Ela viu sua fina machadinha de ardósia e seu comprido arco verde. Sentiu cheiro de sebo e cinzas de madeira, e captou o cintilar de olhos atrás da rede. Viu como esta era sugada para dentro e soprada para fora onde deveria estar a boca.

Da Floresta Profunda, emergiu outro caçador sem rosto, este carregando uma lança. Quando estava a cinco passos de Renn, enfiou-a no chão com tanta força que a lança estremeceu.

À altura da cabeça, a haste da lança trazia um feixe de folhas, as quais Renn reconheceu como a venenosa erva-moura. Dali pendia algo escuro, do tamanho de um punho.

O caçador sacudiu a lança, para se certificar de que estava firmemente plantada, e caminhou de volta para a Floresta Profunda.

Renn engoliu em seco.

A coisa que pendia da lança *era* um punho. Tratava-se da mão cortada de Gaup.

O significado daquela vara de maldição era claro. *O caminho está fechado.*

Renn não conseguia afastar os olhos da mão. Pensou como seria viver o resto de sua vida como Gaup. Incapaz de usar novamente seu arco...

Houve um movimento à sua direita.

Seu coração acelerou.

Torak subia a trilha em direção a ela.

NOVE

O suor escorria pelas têmporas de Renn.

Torak subia a trilha, à procura dela. Ele não vira os caçadores na encosta – as árvores bloquearam sua vista – e, pelo mesmo motivo, os caçadores não o tinham exagerado. Mas o notaram, cerca de quinze passos depois, quando ele alcançou o trecho de luz solar onde um pé de vidoeiro tombado deixara uma fenda.

Silenciosos como sombra de nuvem, os caçadores se espalharam pela encosta, fundindo-se com penumbra sacudida pelo vento e folhas salpicadas pelo sol. Renn não ousou gritar ou fazer o chamado de alerta do rouxinol.

De repente, ele parou. Tinha visto a vara de maldição.

Rapidamente, saiu da trilha; e continuou andando, aproximando-se da fenda.

Renn não tinha escolha. Tinha de alertá-lo, apesar do risco. Deu o assobio de alerta do rouxinol. Não podia jogar uma pedra em Torak, sem ter de se levantar.

Torak desapareceu nos arbustos.

Ela mais sentiu do que viu os caçadores se virarem em sua direção. Como lanças bem assestadas, seus olhares convergiram para o local do esconderijo dela. Como souberam que não era um pássaro de verdade? Renn acrescentara a elevação de tom no final, que ela e Torak usavam para distinguir o chamado, e ninguém nunca havia notado isso. Eles deviam ser incrivelmente observadores. E desconfiados.

Os caçadores dispararam encosta abaixo em direção a ela.

Sua mente agitou-se em pânico. Seu corpo ansiava correr, mas ela sabia que sua única esperança era não se mexer. Ficar imóvel até eles chegarem bem perto – *aí então* correr como uma lebre, pular no rio – e rezar para o guardião.

Outro rouxinol cantou, atrás deles, na encosta.

As cabeças vazias se viraram.

Mais uma vez. Tinha de ser Torak. Renn reconheceu a elevação de tom no final. De algum modo, ele conseguira se localizar atrás dos caçadores.

Prendendo a respiração, ela observou-os subir em direção ao som.

Novamente surgiu o canto, mas, dessa vez, veio dos juncos à beira do rio. Como era possível? Torak não conseguiria se movimentar tão depressa.

De repente, uma sombra correu acima dela, e Rek pousou num amieiro perto da vara de maldição, cantando como um rouxinol.

Os caçadores pararam. Dedos pintados agitaram-se num discurso silencioso. Partiram para baixo, seguindo para a árvore onde o corvo havia se empoleirado. Passaram a uns três passos do juníparo de Renn sem sentir sua presença. Seu feroz intento atingiu-a como uma rajada de calor.

Rek fez outra imitação perfeita do sinal com o canto do rouxinol, e, quando eles se aproximaram, ela levantou voo com uma berrante risada de corvo.

Silenciosamente, os caçadores sem rosto observaram-na ir embora. Então seguiram de volta para a trilha e desapareceram na Floresta Profunda.

— Você está bem? — perguntou Torak, agarrando seu ombro.

Renn fez que sim. Tremia e cerrava os dentes para fazer com que parassem de bater.

— Vamos sair daqui — murmurou Torak.

Recuaram até uma moita de amieiro.

— Eles encontrarão nossas pegadas — disse Renn, quando sentiu confiança de que podia falar. — Saberão que estamos aqui.

Torak sacudiu a cabeça.

— Eles pensarão que fomos com Fin-Kedinn. — Contou-lhe que deixara a segunda canoa rio abaixo, pois esta seria chamativa demais para ser levada para a Floresta Profunda, e escondera o material deles e ocultara suas pegadas.

— Como você sabia que eles viriam? — perguntou Renn.

— Eu não sabia. Nem mesmo sabia que estavam aqui, até ouvir o seu chamado. Mas, quando fui proscrito, me acostumei a ocultar minhas pegadas. Venha. Estou faminto. Última chance para comida quente.

Não tinha ocorrido a Renn que, assim que entrassem na Floresta Profunda, teriam de se virar sem fogo. Sentindo-se ingênua e ignorante, ela saiu em busca de víveres. Eles teriam de poupar seus suprimentos para os dias vindouros; pelo menos ela pensara nisso.

Ao retornar, viu que Torak havia acendido uma fogueira. Ele a instalara debaixo de uma pedra, do lado contrário à Floresta Profunda, e usara apenas pedaços pequenos e secos de faia, sem a casca, para que queimasse quase sem fumaça.

Renn pensou, ele aprendeu essas coisas quando estava proscrito. Isso fez com que sentisse que não o conhecia de verdade.

A comida a acalmou um pouco. Ela fez um ensopado de morrião-dos-passarinhos, agrião-bravo e brotos de sarça, com carnudos cogumelos de primavera, e ovos de pombo e lesmas assadas na brasa. As lesmas estavam particularmente deliciosas, pois vinham se alimentando de alho-das-vinhas.

Enquanto comiam, Rip e Rek tomavam seu banho matinal no raso, salpicando água sobre si mesmos, com suas asas, e molhando Lobo, que havia retornado de caçada e estava deitado na margem, fingindo não prestar atenção.

Renn deu a Rek um ovo descascado e cochichou seu agradecimento. Então, perguntou a Torak:

— Quem *eram* aquelas pessoas?

— Auroques, creio. Faixas de cabeça verde, e um deles tinha um amuleto de chifre. — Ele lhe perguntou sobre a lança na trilha, e ela lhe disse que era uma vara de maldição. — Se passar por ela sem o devido feitiço, você cai doente e morre. Não consegue *enxergar* a maldição, mas ela está lá. Ela atrai demônios da febre como uma chama atrai mariposas.

Ele pensou a respeito.

— Você consegue nos fazer passar?

O nó na barriga dela se apertou.

— Talvez. — Ela duvidava disso. A Floresta Profunda tinha os melhores magos. Ela não seria páreo para eles. — Mas não se fiarão em varas de maldição — acrescentou. — Continuarão vigiando.

Torak não respondeu. Frequentemente, quando planejava dizer uma coisa, passava o polegar pela cicatriz do antebraço. Ele fazia isso agora.

— Renn...

— *Não diga* — interrompeu ela.

— O quê?

— Que ele não era meu parente, que não tenho de ir com você, é muito perigoso, e eu posso ser morta.

Ele adotou um ar de determinação.

— É muito perigoso. E não são apenas eles, sou eu. Olhe o que aconteceu com Fin-Kedinn. Da próxima vez, poderá ser você.

Ela começou a protestar, mas ele falou mais alto.

— Há mais uma coisa. Nós fomos observados durante a noite. Encontrei um rastro e uma pilha de cinzas.

— *Cinzas?* — Ela tentou ocultar seu alarme. — Você acha que foi Gaup?

— Achei, a princípio. Agora não tenho certeza.

Ela percebeu o que ele estava fazendo.

— Você está tentando me dissuadir. Por que tem sempre de fazer isso? Acha que vai funcionar? Acha que eu vou dizer, "Ah, tudo bem, nesse caso vou voltar para o meu clã"?

— Sim. É isso o que você deveria dizer.

— Pois não vou dizer.

Ele a encarou. À luz da manhã, seu rosto parecia mais velho. Inflexível.

— Renn, estou avisando. Farei o que for preciso para pegar Thiazzi.

— Ótimo — retrucou ela. — Vamos começar. Precisaremos de um disfarce. Estamos no lado do rio dos Auroques, portanto, é melhor tentarmos nos parecer com eles.

Torak assentiu ligeiramente com a cabeça.

— Certo — disse ele.

— Pronto — disse Renn. — Desafio até mesmo um Auroque a reconhecer você agora. — Estava sendo muito prática e ativa, mas Torak não se deixava enganar. Ela achava-se tão apavorada quanto ele.

Por todo o inverno, Fin-Kedinn lhes ensinara alguns truques sobre dissimulação. Levara toda uma tarde para que eles os colocassem em prática. Renn revelou-se extremamente boa nisso, o que Torak achou enervante. Ela parecia ter a habilidade de um Mago para fazer coisas parecerem o que não eram.

Primeiro, havia preparado uma tintura marrom esverdeado com líquen e argila de rio, tirando o barro abaixo da linha d'água para que ninguém notasse. Misturou-a com cinzas de madeira e unguento de tutano, para mascarar seu cheiro e torná-la à prova d'água. Em seguida, descoseu as penas de seu animal de clã e as enfiou no gibão e, com a tintura, lambuzaram rostos, pescoços, mãos e roupas um do outro, salpicando-a em grandes manchas, umas mais claras e outras escurecidas com carvão.

Eles sabiam, por causa das reuniões de clãs, que os Auroques pintavam seus couros cabeludos com argila amarela, para parecer casca de árvore portanto, enfiaram os cabelos para dentro das parcas e fizeram o mesmo. Não tiveram tempo de fazer redes para os rostos, e simplesmente mancharam de verde a faixa de cabeça de Torak e fizeram uma para Renn. Depois, rechearam suas aljavas com musgo para evitar que as flechas chocalhassem, e combinaram um sinal de alerta. Finalmente, Torak cortou, para os dois, tubos de respiração de branca-ursina gigante, para o caso de terem de se esconder debaixo d'água.

Quando estavam prontos, Lobo se aproximou cautelosamente de Torak, deu uma farejada experimental e saltou para trás, assustado.

Sou eu, disse-lhe Torak em fala de lobo.

Lobo achatou as orelhas e grunhiu.

Sou eu. Venha cá.

Lobo aproximou-se com todo o cuidado.

Torak soprou delicadamente em seu focinho falando em língua de lobo e língua de gente. Levou algum tempo para que Lobo se convencesse.

— Ele não reconheceu você — disse Renn com a voz forçada.

Torak tentou sorrir, mas seu rosto parecia duro debaixo do disfarce.

— Pareço tão diferente assim?

— Você parece apavorante.

Ele olhou-a nos olhos.

— Você também. — O liso rosto verde de Renn parecia perturbadoramente com o da mãe dela. E até mesmo se movimentava de um modo diferente. Seu corpo, suas mãos pareciam repletas de um misterioso poder. Ele achava que, se a tocasse, talvez queimasse os dedos.

— Você acha que vai funcionar? — perguntou ela.

Ele pigarreou.

— A distância, talvez. Mas não de perto. A melhor defesa será...

— Não ser apanhado. — Ela abriu seu luminoso sorriso de dentes afiados, e era Renn novamente.

Anoiteceu, e a lua semicomida elevou-se sobre as árvores. Mariposas esvoaçaram em meio às brancas e reluzentes ervas-traqueiras. Vindo do alto de um pé de abeto, Torak ouviu o pio faminto de filhotes de pica-pau.

— Agora o feitiço — disse Renn.

No mortiço luar, a mão decepada de Gaup girava lentamente em seu cordão. Era para ela estar apinhada de formigas e moscas, mas não havia nenhuma. Tal era o poder da maldição da vara para que nenhuma criatura tocasse nela.

Torak ficou observando junto a Lobo enquanto Renn se aproximava da vara de maldição, mantendo-se nas sombras e pisando nas folhas de labaça para ocultar suas pegadas. Apanhou um feixe de absinto e galhos de sorveira, e, ao se agachar perto da vara, murmurou o feitiço e atingiu várias vezes com o feixe a haste da lança.

O rio correu mais silenciosamente. As árvores pararam para ouvir. Torak sentiu o feitiço pairar pesadamente no ar. Ficou preocupado por Renn estar perto demais; aquilo poderia se infiltrar para dentro de sua pele.

Ela interrompeu-se com um arfar.

— Não consigo — sussurrou.

— Sim, você consegue.

— Não sou forte o bastante.

Ele esperou.

Ela continuou. Finalmente, Renn soltou um suspiro, ergueu-se e jogou o feixe no rio.

— Funcionou? — perguntou Torak.

— Não sei. Logo saberemos.

Recuaram, tomando o cuidado de desfazer suas pegadas. Parecia a Torak que uma tensão fora extraída das trevas.

Lobo caminhou em direção à vara de maldição e sentou-se olhando acima para a mão ensanguentada. Sem aviso, ele a pegou com as mandíbulas para se certificar de que estava morta e se afastou trotando para comê-la em paz. Pouco depois, eles ouviram uma agitação na vegetação rasteira e um grunhido irritado; então Rip e Rek saíram voando, cada qual carregando um dedo em seu bico.

Torak cerrou os punhos.

— Acho que funcionou.

— Talvez — disse Renn.

Foram apanhar suas coisas.

— Iremos depois que a lua se fixar — disse Torak.

Renn não respondeu, mas ele sabia o que ela estava pensando. Eles ainda não tinham um plano para passar por Auroques que estivessem vigiando.

Acima deles, no pé de abeto, filhotes de pica-pau piavam incansavelmente por comida. Torak notou que seus pais tinham sido espertos, bicando um buraco debaixo de um cogumelo orelha-de-pau, o qual lhes fornecia um telhado para protegê-los da chuva. Haviam escolhido uma árvore oca repleta de mais buracos, o que lhes daria uma porção de rotas de fuga, se uma marta atacasse. Ele se lembrou das aulas de dissimulação dadas por Fin-Kedinn. *A primeira regra é aprender com os outros animais.*

O pica-pau macho voou com o jantar para seus filhos, avistou Torak e foi para uma outra árvore mais distante dali, onde se empoleirou e chamou bem alto, kik-kik-kik! *Essa árvore não, esta aqui!*

— Eu acho — disse Torak — que tive uma ideia.

A lua tinha se fixado, o vento diminuíra. As árvores estavam sem fôlego. À espera.

Torak ajoelhou-se ao lado de Lobo e disse-lhe, em fala de lobo, que eles precisavam se esconder de todos, mas ainda estariam caçando o Mordido. Não tinha certeza, porém, se ele havia atravessado.

Pondo-se de pé, sinalizou com a cabeça para Renn. Ela sinalizou de volta.

Mantendo-se fora da trilha, começaram rio acima. Passaram pela vara de maldição, ficaram no mesmo nível das grandes mandíbulas de pedra.

Um esquilo correu apressadamente para cima de uma árvore. Um corço fugiu, rutilando sua corcova branca.

Ótimo, pensou Torak. Talvez os Auroques não estejam tão perto. Talvez.

Renn caminhava ao lado dele, silenciosa como uma sombra. As patas de Lobo não faziam ruído.

Os pés de abeto esperavam por eles, seus braços ensopados de grumos escuros de musgo.

Torak parou. Pensou no Mago Carvalho. Pensou em Bale. Inspirou fundo e entrou na Floresta Profunda.

DEZ

Os pelos do cangote de Lobo se eriçaram. Torak olhou para Renn, para ter certeza de que ela tinha visto. Tinha.

— *Mordido* — disse Lobo.

— *Perto?* — perguntou Torak.

— *Muitos trotes.*

Torak inclinou-se para perto de Renn.

— Lobo pegou o rastro de Thiazzi — cochichou —, mas ele está muito longe.

— E ainda nada de Auroques?

Ele balançou a cabeça.

Ela estava intrigada. Ele também. O tempo todo vinham se esgueirando entre as sombras das árvores, seguindo rio acima, mas permanecendo bem longe de suas margens. Até agora, nenhum sinal de Auroques. As árvores, porém... Raízes bloqueavam as botas de Torak. Dedos de gravetos se esfregavam em seu rosto. Na Floresta Profunda era mais quente. O ar cheirava mais verde, mais vivo.

Morcegos adejavam acima, e a vegetação rasteira se sacudia com farfalhadas secretas. De cada galho e tronco e pedra escorria musgo — como se, pensou Torak, uma grande maré verde tivesse inundado a Floresta e depois recuado. E, atrás disso tudo, ele sentia a imensa presença de árvores vigilantes.

Lobo virou-se e correu para um pé de freixo. Erguendo-se sobre as patas traseiras, pousou as patas dianteiras no tronco e farejou um galho mais baixo. *Estranho*, disse a Torak com um torcer dos bigodes.

Torak tocou o galho. Seus dedos saíram viscosos, cheirando estranhamente a terra.

Renn apontou para o galho. *O que é isso?*

Ele sacudiu a cabeça e limpou a mão na perneira, desejando não ter tocado no galho. Os clãs da Floresta Profunda eram conhecidos por sua habilidade com venenos.

Chegaram a um bosque de amieiros murmurantes. Ao entrarem, as árvores silenciaram, como se não quisessem ser ouvidas.

Lobo parou e farejou o ar.

Mordido. Além do Molhado.

Torak ainda absorvia isso, quando Lobo baixou a cabeça.

Covil.

Mais além dos amieiros, Torak vislumbrou sombras se movimentando na escuridão. E formas volumosas que poderiam ser abrigos.

— Acampamento! — cochichou Renn em seu ouvido.

— E Lobo diz que Thiazzi está do outro lado do rio, no território dos Cavalos da Floresta.

— Temos de voltar — recomendou ela — e atravessar rio abaixo.

Isso arriscaria confundir Lobo e fazê-lo perder o rastro de Thiazzi, mas eles não tinham escolha. Começaram a recuar.

Pelo menos tentaram, mas Torak teve a sensação de que haviam perdido o caminho. O gorgolejo do rio parecia mais fraco, e ele captou o forte e inconfundível cheiro de alho-das-vinhas, que não haviam encontrado no caminho de vinda.

Forçou a vista para penetrar a escuridão. Uma folha de labaça presa num galho, reluzindo à luz estelar. Um sussurro de ar esfriou suas faces, quando uma coruja ou um morcego passou.

Aquela folha.

— Não tenho certeza. *Não se mexa.*

O galho não poderia ter lanceado a folha por acaso. Ele furara a folha como uma agulha, por todo o seu comprimento, pelo lado direito da nervura central. Tinha de ser um sinal.

Pelo lado direito da nervura central.

Ele olhou à sua direita e viu apenas um indistinto entrelaçado de galhos.

Ali.

Adiante, à direita, um rebento fora dobrado para trás e preso por uma hábil arrumação de gravetos cruzados. Montado em sua ponta, havia uma maldosa ponta perfurante. Dos gravetos cruzados, quase invisíveis, uma corda, à altura do peito, se estendia através de seu caminho. Mais um passo e ele teria acionado a armadilha, libertando o rebento e levando a ponta perfurante a precipitar-se para a lateral de seu corpo.

Torak umedeceu os lábios. Tinham o gosto de giz, por causa do disfarce. Ele mostrou a armadilha a Renn. A mão dela foi até o ombro, onde tinham estado as penas de seu animal de clã.

Os dois tiveram de abrir caminho através dos juníperos para contornar a armadilha, que fora astutamente colocada entre os arbustos espinhos para impelir a vítima em sua direção. Após terem passado, Renn sussurrou:

— Não foi por este caminho que viemos.

— Eu sei. E foi pura sorte eu ter descoberto a armadilha. — Ele não precisou dizer: quantas mais estariam à espera?

Lobo virou a cabeça na direção do rio, e eles seguiram seu olhar. Será que aquela sombra acabou de se mexer?

Um momento depois, a luz estelar brilhou na ponta de uma lança.

O caçador Auroque estava talvez a vinte passos de distância, caminhando rio acima. Torak e Renn mergulharam na samambaia – lentamente, para não atrair a atenção com um movimento repentino. A mente de Torak passou a funcionar velozmente. O acampamento Auroque ficava rio acima. Rio abaixo, o caminho de volta para a Floresta Aberta, e talvez mais armadilhas letais. Na margem do rio, pelo menos um caçador Auroque montava guarda.

Renn disse o que pensava:

– Temos de tentar o nosso plano aqui mesmo.

– Você consegue fazer os arremessos?

– Creio que sim. Se subirmos numa árvore.

Ele confirmou com a cabeça.

Renn encontrou um limoeiro alto que parecia mais fácil de trepar do que os outros; ele tinha uma estranha casca grossa semelhante a uma cobra ondulando para baixo de seu tronco.

– Foi atingida por um raio – murmurou ela –, mas sobreviveu. Talvez isso nos traga sorte.

Vamos precisar, pensou Torak. Seu plano era simples e, se desse certo, seus chamarizes atrairiam os Auroques para o norte, distante do Água Negra, permitindo, com isso, que eles fizessem a travessia.

Se desse certo. Ele perdia a confiança rapidamente.

Juntando as mãos, impulsionou Renn para cima da árvore. Então ajoelhou-se e mandou Lobo ficar por perto, para voltar no Claro – e ficar alerta para armadilhas.

O bafo de Lobo aqueceu o rosto dele e seu focinho roçou suas pálpebras. *Fique em segurança, irmão de alcateia,* disse a Torak.

Ele estava tão confiante. E Torak o levava para um terrível perigo.

Num impulso, Torak pegou o chifre de remédios da bolsa, tirou um pouco de sangue da terra e lambuzou com ele a testa de Lobo, onde ele não conseguiria lambê-la. *Fique em segurança, irmão de alcateia,* disse ele. Colocou a mão sobre a áspera casca do limoeiro, e implorou à Floresta que protegesse Lobo.

A cicatriz provocada pelo raio era mais grossa do que seu punho, e Torak subiu por ela como se fosse uma corda. Ele percebeu que a árvore sentiu sua presença. E pediu-lhe que não cedesse. Abaixo deles, os olhos prateados de Lobo brilharam. Em seguida, sumiram na escuridão.

Apertados numa forquilha formada por três grandes galhos, Torak e Renn mantiveram seus sacos de dormir enrolados, fiando-se em suas roupas de couro de rena para ficarem aquecidos.

— Esperaremos aqui até de manhã — cochichou Torak —, pois há menos chance de sermos vistos. — E menos chance de fugir, *se fossem* vistos, mas nenhum dos dois mencionou isso.

Renn apontou para um abeto alto ao norte do acampamento dos Auroques. Seus galhos superiores bloqueavam as estrelas; eles conteriam o sol nascente. De sua aljava, ela tirou uma das flechas que havia preparado.

Ao fazer pontaria, seu rosto ficou tenso com a concentração. Seu disfarce a deixava estranha: como se, pensou Torak, ela se tornasse a Floresta Profunda.

O arco rangeu. Ela o baixou novamente. A noite estava silenciosa demais. Os Auroques poderiam ouvir a corda vibrar.

Finalmente, uma rajada de vento acordou as árvores. Ela mirou e disparou. A flecha atingiu o abeto e, com uma sacudida, sua carga libertou-se da corda amarrada à haste. Renn encaixou outra flecha e acertou outra árvore, mais a leste; então outra e mais outra, cada vez esperando que a brisa encobrisse o som.

Agora teriam de esperar até o amanhecer e rezar para que o plano desse certo.

Eles não tinham outro.

Na escuridão, uma fogueira chamejou.

Renn agarrou o braço de Torak. O acampamento Auroque estava muito mais perto do que eles imaginavam.

Do alto do limoeiro, observaram figuras de grande estatura se movimentando com a silenciosa determinação de formigas. Várias se reuniram em volta de uma árvore no centro do acampamento, lambuzando algo escuro nos galhos mais baixos. Duas mais se ajoelharam para acender outra fogueira.

Torak ficou pasmo. Por que acender uma desde o início, em vez de pegar um galho em chamas da outra? E eles não usavam triscafogo. Um homem girava uma vara entre as palmas, perfurando um pedaço de madeira no chão, o qual segurava com um pé, enquanto mantinha a perfuração reta através de uma travessa presa entre os dentes. E funcionou. Fumaça espiralou. O segundo homem alimentou as chamas com barba-de-velho e depois com gravetos. Quando a fogueira estava bem acesa, todos se ajoelharam e tocaram o chão com as testas.

Mais Auroques emergiram da Floresta. Torak contou cinco, sete, dez. Cada homem – e eram todos homens – carregava uma machadinha, duas facas e um escudo: uma cunha de madeira do comprimento de um braço, cuja extremidade pontuda enfiou na terra, antes de retirar seu capuz de rede para revelar uma cabeça encimada por uma crosta e um rosto bizarramente estreito e enrugado.

Torak começou a suar frio. Gaup estava certo. Aquelas pessoas eram diferentes.

E estavam instalando espetos acima das fogueiras, e, em pouco tempo, ele sentiu o delicioso e familiar odor de tetraz assada, estranhamente em desacordo com o acampamento silencioso.

— Por que eles não falam? – cochichou ele.

— Acho que é para ficarem mais parecidos com árvores – sussurrou Renn. – É isso que o povo da Floresta Profunda deseja acima de tudo: ser como as árvores.

— Consigo ver mais escudos lá embaixo do que homens.

Ela concordou com a cabeça e ergueu três dedos. Três caçadores continuavam por ali, espreitando a Floresta. Eles fizeram bem em trepar no limoeiro.

Os dois se revezaram para dormir. Uma chuva fina tamborilou nos sonhos de Torak e a Floresta se tornou um escuro e sussurrante mar onde pássaros noturnos se movimentavam como peixes. De bem longe, veio o "uu-hu, uu-hu" de um bufo-real.

Renn sacudiu o ombro dele.

— Já vai amanhecer.

Torak pestanejou, massageando a panturrilha com cãibras. O amanhecer era ruidoso, com um seco vento sul. Tentilhões e pássaros canoros já estavam a plenos pulmões, os pombos apenas começando.

— Espero que Rip e Rek ainda estejam dormindo — murmurou Renn. — A última coisa de que precisamos é a saudação de um corvo.

Torak tentou sorrir. Cada vez mais e mais achava improvável que o plano deles funcionasse. Ainda que desse certo, eles teriam apenas uma breve chance de atravessar o Água Negra; então estariam em território dos Cavalos da Floresta. E, o tempo todo, Thiazzi fugia.

Luz cinzenta varreu o acampamento, e Torak distinguiu abrigos curvados em volta do pé de faia central.

Observou-o atentamente. Não podia ser. Os galhos mais baixos estavam *vermelhos*. Não era o sol matutino, os próprios galhos — casca, gravetos, folhas — tinham sido lambuzados com sangue da terra. Por que, pensou, alguém pintaria todo um galho de vermelho?

Não havia tempo para pensar nisso. O sol se erguia. Em pouco tempo, estariam em movimento.

Para o norte, algo brilhou no alto pé de abeto. E também ali, mais a leste. Renn deu-lhe um sorriso mordaz. Até então o plano estava funcionando. As lascas de sílex, que tinham amarrado às hastes das flechas, luziam e tiniam ao vento.

Os Auroques os tinham visto. Homens apontavam, corriam para pegar suas armas e escudos.

Rapidamente, Torak e Renn desceram para o chão. Lobo apareceu, o pelo branco de orvalho. Seguiram para o rio.

Salgueiros pendiam sobre o Água Negra, mantendo-o na noite. Não havia sinal dos Auroques. Torak rezou para que todos tivessem sido atraídos pelos chamarizes. Puxando fora suas botas e as amarrando aos rolos dos sacos de dormir, eles correram para a margem e para os juncos, movimentando-se cautelosamente, para não assustar qualquer pássaro aquático, o que poderia denunciá-los. O raso estava obstruído por rebentos frondosos derrubados por uma enchente rio acima.

– Boa proteção – murmurou Renn.

Arriscaram um sorriso nervoso. Talvez aquilo desse certo.

Abraçando o próprio corpo por causa do frio, eles vadearam o rio. Os pés de Torak afundaram numa gelada lama de folhas mortas, e ele viu os lábios de Renn se contraírem de nojo. Ele agarrou um rebento flutuante para se apoiar. Ela fez o mesmo. Nadaram atrás de Lobo, que já estava a meio caminho.

O Água Negra não estava tão adormecido quanto parecia. Foi uma peleja resistir a seu furtivo puxão subaquático.

De repente, Lobo fez a volta e veio nadando na *direção* deles, as orelhas em alarme apertadas para trás.

– O que é *aquilo*? – sussurrou Renn.

O estômago de Torak revirou. Aqueles troncos no meio do rio: eles flutuavam *rio acima*. E alguns tinham olhos.

Um deles ergueu a cabeça. Torak viu um feroz rosto verde tatuado com folhas. Uma faixa de cabeça marrom. Cabelos longos entrelaçado com caudas de cavalos.

Um grupo de ataque dos Cavalos da Floresta. Seguindo direto para eles.

ONZE

—Mergulhe e volte para a margem – disse Torak a Renn, pouco antes de ele submergir. Não conseguiu encontrar o tubo de respiração em seu cinto. Um problema, pois teve de prender o fôlego. Só esperava que Renn o tivesse ouvido.

Ela o escutara. Renn emergiu logo depois dele, na mesma área de juncos, e esperaram, trincando os dentes para que estes parassem de chocalhar.

Os Cavalos da Floresta não os tinham visto. Os homens verdes estavam deitados de barriga, remando silenciosamente com as mãos, facas presas entre dentes enegrecidos por carvão.

Não longe de Torak, Lobo arrastou-se para a margem e se sacudiu ruidosamente.

Olhos em rostos tatuados de folhas moveram-se repentinamente para um lado, e logo voltaram-se para a frente. Um lobo solitário não era problema deles.

Os juncos forneciam boa proteção, permitindo que Torak e Renn rastejassem até a margem e se localizassem. Torak ficou chocado. O traiçoeiro Água Negra os tinha carregado para *mais perto* do acampamento, e não para mais longe.

Encharcado e tremendo, imaginou o que fazer. A qualquer momento, os Auroques perceberiam que foram enganados e seguiriam de volta para o rio, espalhando-se para caçar os desconhecidos intrusos. Ele e Renn ficariam encurralados entre eles e os Cavalos da Floresta.

A não ser que conseguisse guiar os dois lados para longe deles.

— Siga rio abaixo — disse, num sussurro a Renn. — Espere por mim depois daquela curva, e eu a encontrarei lá.

Os olhos dela se arregalaram.

— Aonde você vai?

— Não há tempo para explicações. Fique de olho nas armadilhas!

Mandando que Lobo ficasse com a irmã de alcateia, ele partiu em direção ao acampamento Auroque. Ao chegar o mais perto que ousava, acocorou-se e puxou duas flechas de sua aljava. Em seguida, tirou seu chifre de remédios e rapidamente lambuzou as hastes das flechas com sangue da terra. Ele não fazia ideia do que aqueles galhos vermelhos significavam para os Auroques, mas eram fáceis de se avistar, e era tudo que importava.

Ainda agachado, encaixou a primeira flecha no arco e esperou.

Vislumbrou um caçador Cavalo da Floresta chegando à praia: furtivamente, ficou na posição vertical para que a água escorresse silenciosamente pelo seu corpo em vez de tamborilar nas folhas.

Torak mirou. Não era bom em disparos como Renn, mas não precisaria ser. Sua flecha produziu um som surdo num azevinho a uma boa distância dali.

A cabeça tatuada virou-se para seguir o som.

Com o canto do olho, Torak viu um caçador Auroque seguir para o rio. Sua barriga se retesou. Eles eram mais velozes do que havia imaginado. Disparou a segunda flecha e acertou outra árvore.

Sem esperar para ver a reação, ele fugiu, indo bem depressa e abaixado para onde Renn esperava. Se seu truque funcionasse, ambos os lados seguiriam para as misteriosas flechas vermelhas e, então...

Gritos atrás dele, um estrépito de lanças. Ele sentiu uma onda de alegria selvagem. Os Auroques combatiam os Cavalos da Floresta, permitindo que ele e Renn atravessassem o Água Negra para caçar Thiazzi.

A figura sombreada de Renn acenou de um denso renque de abetos, e ele agarrou sua mão. O seu aperto era quente como cinza, enquanto ela o conduzia através da escuridão para o esconderijo que havia encontrado: o oco dos escombros de um enorme carvalho.

Ofegando, Torak desabou dentro da árvore, e, quando os dedos dela escorregaram dos seus, ele soltou uma trêmula gargalhada.

— Essa foi por *pouco*!

Nenhuma resposta. Ele estava sozinho na árvore.

A vinte passos dali, Lobo emergiu de uma moita de salgueiros, seguido por Renn, encharcada e furiosa.

— Onde — sussurrou ela —, em nome dos espíritos, você *estava*?

DOZE

—Quem *foi* aquele? – sussurrou Torak.
 – Quem foi quem? – indagou Renn. O desaparecimento dele a tinha abalado profundamente, e ela agora pelejava para não deixar que isso transparecesse.
 – Alguém segurou a minha mão, pensei que fosse você.
 – Pois bem, não foi.
 Ele segurou a mão dela.
 – A sua é fria, a outra era quente.
 – Claro que é fria, estou toda encharcada! Aonde você *foi*?
 Do acampamento dos Auroques, vieram berros, um grito de dor.
 – Eu conto depois – disse Torak. – Vamos atravessar enquanto podemos.
 Renn estava com tanto frio que o Água Negra parecia quase morno. O peso do material encharcado às suas costas fazia com que se curvasse, e a corrente do rio era forte. Ao chegar ao meio do rio, esta a sugou para baixo. Renn esperneou até a superfície, tossindo e cuspindo folhas. Torak e Lobo mais à frente não perceberam.

A margem sul era um medonho emaranhado de salgueiros, e, à medida que ela se aproximava, seu ânimo se abatia. Imaginava caçadores com rosto de folha fazendo pontaria. Pensou, *Sair da pele de cozinhar para a fogueira.*

Se os outros estavam com medo, não demonstravam. Lobo escalou a ribanceira, sacudiu-se vigorosamente e passou a procurar o cheiro de Thiazzi. Torak vadeou silenciosamente em direção aos salgueiros.

Vendo-o examinar as árvores, Renn arrepiou-se. Seu disfarce o tornava uma criatura da Floresta Profunda: um estranho de rosto escuro com frios olhos prateados.

Ele deu uma olhada rápida, assentiu – *tudo livre* –, então sumiu entre os salgueiros. Enquanto ela pelejava para soltar a perna de um emaranhado de plantas aquáticas, ele a alcançou e a puxou.

– Não há ninguém aqui – disse ele. – Acho que todos atravessaram para atacar o acampamento.

Apressadamente, eles se enxugaram com capim, enfiando outro tanto nas botas e dentro das roupas, para se aquecer. Torak cortou um pedaço de cavalinha e esfregou a coloração verde em suas faixas de cabeça, enquanto Renn cuidava de seu pobre arco molhado.

Lobo encontrou o cheiro e seguiu para o sul, distante do rio e para o interior de um bosque pantanoso de amieiros que se erguiam de poças marrons. Renn pensou em armadilhas, varas de maldição e caçadores invisíveis e disse uma prece para o guardião.

Era uma região difícil. Eles tinham de pular de uma moita de amieiros para a seguinte e margear ao longo de troncos de árvores caídos abarrotados de musgo. A água estava repleta de girinos. Renn caiu dentro dela e saiu suja de lodo.

Tentou se convencer de que aquela era uma floresta exatamente igual àquela onde crescera. Viu um pé de abeto cujo tronco fissurado estava guarnecido com pinhas enfiadas ali por pica-paus para que estes pudessem bicar as sementes. Os pica-paus da Floresta Aberta também faziam isso. Ela avistou uma pilha de folhas perto da toca de um texugo; os texugos haviam feito uma faxina após o inverno e arrastado para fora seu antigo leito. Tudo familiar, disse Renn a si mesma.

Não funcionou. As árvores murmuravam que ela não pertencia àquilo ali. Os pica-paus estavam de volta.

Torak encontrara alguma coisa.

Debaixo de um pé de freixo, a terra tinha sido remexida para formar um lamaçal. Este tinha cinco passos de largura, muito maior do que até mesmo um auroque faria. Lobo o farejou ansiosamente. Torak afastou seu focinho para examinar uma enorme marca de casco redondo.

— Seria algum tipo de auroque gigante? — perguntou.

Renn concordou com a cabeça.

— Fin-Kedinn disse que aqui há animais que sobreviveram ao Grande Frio. Acho que se chamam bisão.

Ele franziu a testa.

— Então são presas?

— Creio que sim. Mas, às vezes, eles atacam.

A distância, uma coruja piou. Uu-hu, uu-hu.

Renn prendeu a respiração. Em sua mente, ela viu o terrível rosto de madeira do Mago Bufo-Real.

Torak pensava a mesma coisa.

— Estariam eles trabalhando juntos? — disse em voz baixa. — Thiazzi *e* Eostra?

Renn hesitou.

— Não tenho certeza. Ele é egoísta. Vai querer a opala de fogo só para si. Além do mais, Saeunn me disse... Ela não tem certeza, mas acha que Eostra está nas Montanhas.

— E, no entanto, sua coruja está na Floresta Profunda – disse Torak.

Renn ficou calada. Observou-o ficar de pé e olhar em volta. Podia ver, pela sua expressão, que, se Eostra estivesse ou não aqui, ele não se intimidaria. Ele encontraria Thiazzi.

— Torak – disse ela. – O que aconteceu no acampamento Auroque? O que você fez?

Brevemente, ele lhe contou como havia colocado um clã contra o outro. Foi inteligente, mas sua crueldade a chocou.

– Mas... pessoas poderiam ser mortas – observou ela.

– Isso talvez acontecesse de qualquer maneira.

– Talvez. Ou talvez os Cavalos da Floresta estivessem apenas fazendo um reconhecimento, você não sabe.

– Eu a avisei. Disse que faria o que fosse preciso para pegar Thiazzi.

– Iniciando lutas? Fazendo pessoas morrerem?

Lobo olhou, hesitante, de um para o outro.

Torak ignorou-o.

– Na primavera passada – disse ele –, todos estavam me caçando. Desta vez, *eu* estou caçando. Fiz um juramento, Renn. Sim. Sou cruel. E, se não suporta isso, não venha comigo.

Prosseguiram em silêncio. Renn decidiu não ser a primeira a falar.

O chão ascendia constantemente, e abetos pretos deram lugar a faias. Eles avançaram com dificuldade com urtiga até a cintura e superaram arduamente troncos de árvores podres empolados com cogumelos venenosos. Renn notou que as árvores eram mais altas do que as da Floresta Aberta, o que as tornava mais difíceis de serem escaladas; e as formigas da madeira não construíam seus ninhos apenas do lado sul dos troncos, mas em toda a sua volta, fazendo com que fosse mais fácil uma pessoa se perder.

Nenhum sinal de gente.

Mesmo assim...

Atrás dela, um galho balançou, como se alguém estivesse se escondendo.

Ela pousou a mão sobre o cabo de sua faca.

O galho parou de se mexer. Se fossem caçadores Cavalos da Floresta, pensou ela, a esta altura já teríamos sabido.

Torak tinha ido adiante e estava ajoelhado para falar com Lobo. Ela correu para alcançá-los.

– Eu vi alguma coisa! – disse ela, ofegando.

– E Lobo farejou alguma coisa – disse Torak. – Ele diz que cheira como a Besta Brilhante.

– Isso significa fogo.

– Também cinzas. O tal que segurou minha mão... era quente.

Seus olhos se encontraram.

– Quem quer que tenha segurado a minha mão – disse Torak – nos seguiu através do rio.

Quando a luz começou a esmorecer, eles decidiram montar acampamento debaixo de um pé de teixo.

Chegaram a um vale onde os castores haviam represado um riacho para formar um estreito lago. Renn viu a toca dos castores no meio: uma robusta pilha de galhos, alguns listrados de amarelo onde eles haviam roído a casca. Ela supôs que ainda ficariam bastante tempo ocupados, pois restavam alguns salgueiros ao longo da margem. Fin-Kedinn dissera que castores gostavam de comer todos os salgueiros antes de se mudarem.

Pensar em Fin-Kedinn doeu. Ela tentou imaginá-lo de volta em segurança com os Corvos, ocupado com os cardumes de salmão, mas sua mente mostrava-o com o rosto pálido, curvado dentro da canoa. Talvez os vermes da doença já estivessem corroendo seu tutano. E não havia Renn para afugentá-los.

Torak fazia um reconhecimento com Lobo, e, para afastar o pensamento de Fin-Kedinn, ela deixou suas coisas debaixo do teixo e foi atrás de alimentos. Pelo menos as plantas eram familiares. Juntou punhados de suculentas saxífragas e umas azedas de gosto pronunciado; e, como não podiam fazer fogueira, desenterrou raízes de cardo e anserina, que podiam comer cruas.

Rip e Rek pousaram, batendo as asas e produzindo gorgolejos de fome, e Renn lhes jogou algumas raízes. Durante todo o inverno, ela os convencera a vir, quando os chamava, mas ainda não pousavam em seus ombros, como faziam com Torak.

Sentindo-se ligeiramente melhor, foi abastecer as peles de água. O lago refletia um amarelo empoeirado de pólen, e, em volta dele, as árvores se curvavam para olhar suas almas-nomes na água. Renn manteve as peles de água bem no fundo para evitar enchê-las com as mãos. Isso nunca a preocupara antes, mas ali...

Enquanto as peles enchiam-se, ela observava as marolas se suavizarem e desejou que Torak voltasse e fosse novamente Torak: brincar de puxar-pele com Lobo, implicar com ela por causa da sarda no canto de sua boca. Pela primeira vez lhe ocorreu que o pai da mãe de Torak fora do Clã do Carvalho – o que significava que ele era parente de Thiazzi. Ela desejou não ter pensado nisso.

As peles de água estavam cheias. Ao puxá-las, sua alma-nome olhou de volta para ela: um inescrutável Auroque com cabeça de barro.

Uma figura surgiu atrás dela.

Num instante digno de um pesadelo, Renn percebeu punhos cerrados e um feixe de longos cabelos claros.

Com um grito, ela se virou.

Nada. Apenas um agitar de salgueiros, bem próximos.

Sacou sua faca.

Um galho rangeu. Garras rasgaram casca de árvore. Ela pensou em *tokoroths* descendo velozmente das árvores, ágeis como aranhas. Largou as peles de água e saiu correndo de volta ao acampamento.

Torak não havia retornado, mas os corvos estavam empoleirados bem alto no teixo, crocitando aflitos. As coisas dela haviam sido selvagemente atacadas. Sua aljava fora retalhada, seu acolchoado de musgo espalhado, e a maioria das flechas tinha sido quebrada. Felizmente, ela havia pendurado o arco no teixo, e o agressor não o vira, mas seu saco de dormir fora pisoteado no chão, sua bolsa de iscas de fazer fogo estava em pedaços, e seu trisca-fogo esmagado debaixo de uma pedra. Maldade e raiva palpitavam no ar como doença. E em cima de todas as coisas havia uma camada de cinza fina.

Sacando sua machadinha, Renn recuou para o teixo.

— Não tenho medo de você — disse para as sombras. Sua voz soou aguda e hesitante.

Momentos depois, Torak e Lobo retornaram. Lobo correu para farejar furiosamente as coisas de Renn. Torak ficou de queixo caído.

— Eu vi alguma coisa no lago — contou a ele. — Depois isto.

— O que você viu?

— Tinha cabelo claro. Parecia zangado.

Ele vacilou.

— Você sabe o que é? — perguntou ela.

— Não, eu não... — Ele passou a procurar pegadas, mas a luz tinha acabado quase toda, e não encontrou nenhuma. — Ou essa coisa sabe como ocultar suas pegadas — disse ele — ou não deixa nenhuma.

— Como assim? Torak, o que é *essa coisa*?

Ele mordeu o lábio. Então ergueu-se.

— Seja o que for, nós não vamos dormir no chão.

O teixo não gostou de ser escalado. Sufocou-os com nuvens de pólen e tentou evitar ser agarrado soltando casca. Por duas vezes, um galho se sacudiu e tentou jogá-los para fora. Quando se instalaram em seus braços, eles estavam arranhados e exaustos.

— O vento está aumentando — observou Torak. — É melhor nos amarrarmos ao tronco.

Renn pendurou para secar seus sacos de dormir molhados e sujos de terra, e ficou observando a escuridão. Viu Lobo caminhar silenciosamente. Ela disse:

— Espero que Lobo e os corvos nos avisem de perigo.

Lobo corria em círculos em volta do teixo, eriçado de desaprovação. Ele *detestava* quando os sem-rabo trepavam em árvores. Por que eles faziam isso?

Lobos normais não sobem em árvores. E *gostam* do Escuro, é o melhor momento para eles, quando correm por aí e brincam. Eles não se enroscam e ficam dormindo para sempre.

Lobo detestava aquilo ali. A Floresta causava uma sensação diferente. As árvores viviam alerta demais e os cheiros eram todos misturados. Algumas árvores cheiravam a terra, ao passo que os sem-rabo que viviam ali cheiravam a árvores. Eles eram raivosos e medrosos e, embora cada alcateia tivesse um terreno bem grande, mesmo assim eles brigavam; Lobo não sabia por quê. Pior ainda, Alto Sem-Rabo e a irmã de alcateia tinham trocado suas sobrepeles e até mesmo seus cheiros, de modo que Lobo mal os reconheceu.

Os sonos deles eram agitados pelo arranhar de garras de demônios e de gritos de bufos-reais, e, às vezes, quando ele acordava, captava o cheiro de morder o focinho do sem-rabo que tinha o cheiro da Besta Brilhante. Aquele sem-rabo deixava Lobo bastante preocupado, pois sua mente estava quebrada, portanto não conseguia sentir o que ele queria.

O cheiro do sem-rabo com mente quebrada era forte no focinho de Lobo enquanto ele rondava as raízes do teixo, mas sentia que o próprio sem-rabo tinha ido embora. Talvez o cheiro também subisse em árvores. Lobo decidiu ficar por perto, para o caso de ele voltar.

No Alto, o Olho Branco Brilhante estava meio aberto, sonolentamente vigiando seus muitos filhotinhos. Lobo espreitou uma doninha, mas ela fugiu. Pegou uma mariposa, mas ela o fez espirrar, e então ele a cuspiu fora. E os sem-rabo ainda dormiam.

De repente, Lobo empinou as orelhas. Mais abaixo, no vale, os corvos crocitavam. Eles tinham achado um cervo que era Sem-Bafo, e queriam que Lobo fosse até lá despedaçá-lo para que eles pudessem se alimentar.

Lobo ficou pensando no que fazer. Tinha de ficar e vigiar os sem-rabo.

Mas estava com fome.

TREZE

À medida que a noite se adensava, os outros habitantes da Floresta emergiam.

Morcegos esvoaçaram de buracos no teixo. Uma coruja cinzenta instalou-se na extremidade do galho de Torak, seu corpo balouçando, seus olhos iluminados pelo luar fixos nos dele. Torak a encarou até que ela saiu voando.

Era uma noite ventosa e as árvores estavam completamente despertas.

E ele também.

Quem – ou o quê – tinha atacado as coisas de Renn? Seria o espírito vingativo de Bale ou uma outra coisa? *Um caçador com cabelos de cinza queimando por dentro.* A profecia de Saeunn talvez significasse algo.

Forçando a corda que o amarrava ao tronco, ele se virou para ver se Renn estava acordada do outro lado. Ela estava enroscada como um esquilo, dormindo profundamente.

Ele ansiava por agir. Em algum lugar daqueles vales secretos, Thiazzi estava se escondendo; e a trilha esfriava. Nem mesmo Lobo seria capaz de segui-la por mais tempo.

No chão, galhos farfalharam como se algo grande os empurrasse de lado. Torak não conseguia enxergar nada, mas, quando o animal se aproximou, ele ouviu mastigação e bufadas irritadas. Então uma enorme pedra negra ambulante passou embaixo dele. Parecia pesado, ombros curvados, uma enorme cabeça com chifres curtos em forma de meia-lua.

Bisão.

Ele observou o animal se apoiar no tronco do teixo e se coçar profusamente, o que fez a árvore inteira estremecer. Então, com um profundo e satisfeito grunhido, ele se afastou a passo lento.

Pouco depois, Torak captou o familiar som de zunido de cauda de cavalos. Quando a manada passou embaixo, ele vislumbrou uma cria debaixo da barriga da mãe, mamando; uma égua jovem ajeitando com mordidelas a crina de outra mais velha, cuja anca com cicatrizes mostrava que ela já sobrevivera a muitas caçadas. Ele sentiu-se tomado de admiração. Diferentemente dos cavalos coloridos da Floresta Aberta, aqueles eram tão negros quanto uma noite sem lua.

Renn murmurou durante o sono, e a égua líder ergueu a cabeça abruptamente. A manada sagrada dissolveu-se nas trevas como um sonho.

A Floresta sentiu-se sozinha depois que eles se foram. Torak desejou que Lobo e os corvos voltassem logo.

O vento ficou mais forte e as árvores rangeram e gemeram. Ele tentou imaginar o que elas diziam. Se conhecesse sua fala, elas poderiam lhe dizer onde encontrar Thiazzi.

O pensamento afundou em sua mente como um seixo numa lagoa da Floresta. *Torne-se uma delas, espírito errante.*

Imaginou se ousaria. Árvores são os mais misteriosos dos seres. Elas nutrem o fogo e dão vida a tudo, mas se alimentam apenas da luz do sol. Entre as criaturas, criam um novo membro quando o outro é perdido. Algumas nunca dormem, ao passo que outras, nuas, ficam em estado de adormecimento durante o mais cruel dos invernos. Elas presenciam as correrias das vidas de caçadores e presas, mas mantêm ocultos seus próprios pensamentos.

Torak abriu com um puxão sua bolsa de remédios e buscou o pedaço de raiz negra que ele mantinha oculto até mesmo de Renn. Fora Saeunn quem lhe tinha dado aquilo. *Para quando você precisar*, dissera ela.

Ele mastigou depressa. O amargor inundou sua boca. A raiz era potente. Antes de engoli-la, uma dor aguda trespassou suas entranhas. Ondas de cólicas o dominaram, e ele se curvou, a corda pressionando seu diafragma. Começou a ficar com medo. Precisava acordar Renn. Mas o couro cru o impedia. Não conseguia alcançá-la.

As cólicas vinham mais depressa, uma maré inexorável sugando suas almas. Abriu a boca para chamar o nome de Renn...

...e sua voz foi o gemido de casca de árvore e o bramido de galhos. Seus dedos-gravetos reconheceram o gélido luar e a carícia gritante do vento, seus ramos, o roçar da vespa e o peso do garoto e da garota adormecidos. Bem fundo na terra, suas raízes reconheceram as toupeiras escavadoras e as moles e cegas minhocas, e tudo o que era bom, pois ele era *árvore*, e exultou na rusticidade da noite.

Perdido na corrente do sangue-árvore, a partícula de espírito que era Torak implorou que ele lhe dissesse onde encontrar Thiazzi. O teixo soltou um suspiro e o ergueu para dentro da noite.

Impotente como uma centelha acossada por um vento impetuoso, Torak foi levado através da Floresta em meio a um sussurrante mar de vozes, de teixo para azevinho, de muda para rebento e para poderoso carvalho, mais depressa do que um lobo é capaz de trotar ou um corvo, voar. O terror o dominou. Longe demais, pensou, você nunca mais vai voltar!

Quando, finalmente, descansou, seus dedos-árvores reconheceram os ventos gelados que varriam Montanhas Altas abaixo. Ele estava no dourado sangue-árvore de outro teixo, mas esse era velho além da imaginação, antigo como a própria Floresta. Seus ramos lanceavam estrelas, suas raízes fendiam pedras e prendiam demônios no Outro Mundo. Seus membros abrigavam coruja e marta, esquilo e morcego. Para as criaturas que o habitavam, ele era o mundo, mas, para o Grande Teixo, suas vidas eram tão breves quanto o tremer de uma folha e, muito depois de estas terem terminado, ele duraria.

Perdido na vasta consciência, Torak sentiu a punção de garras de *tokoroth* em sua casca. Ouviu demônios uivarem pela pedra ardente que estava a seu alcance. Chamas queimaram seus galhos. Sentiu o Mago Carvalho rodar, entoando feitiços.

O Mago Carvalho ergueu os braços para o céu. *Eu sou a verdade e o Caminho. Eu sou o senhor do fogo. Eu sou o governante da Floresta!*

O vento aumentou e a voz do Grande Teixo aumentou com ele. Torak estava afogado em vozes, todas as árvores da Floresta se elevando, expandindo-se até alcançar um rugido destruidor, separando-o com força...

— Torak! — sussurrou Renn. — Torak! Acorde!

Sua cabeça girou, mas ela pôde perceber que ele não a reconheceu. Seus olhos estavam vazios e cegos, sem almas.

Sem almas. Ele agia como espírito errante.

Ele a acordara ao se soltar da corda com um puxão, e agora estava ajoelhado em seu galho, balançando-se, murmurando. Ela temia que ele andasse para o vazio e quebrasse o pescoço.

Ela fez a volta para o lado dele no tronco. Torak estava fora de alcance. Renn permaneceu onde estava, com medo de assustá-lo.

Finalmente, ele falou, com uma voz profunda que não era a sua.

— Eu sou o Grande Teixo — disse para o vento impetuoso. — Sou mais velho do que a Floresta. Comecei entre as raízes da Primeira Árvore. Fui semeado quando as últimas neves do Longo Frio se derreteram na terra; um rebento na chegada da Onda. Nunca conheci o sono. Mas conheci a ira...

Renn não sabia o que fazer. Sua Magia não era forte o bastante para chamar de volta as almas dele. Rezando para o guardião, ela estendeu a mão.

Torak ergueu-se em seu galho e começou a andar.

A dor o acordou com um solavanco: um bico de corvo puxando o lobo de sua orelha.

Ele estava tonto. O vento soprava em seu rosto, as árvores rugiam em sua cabeça.

— Torak! — A voz de Renn chegava a ele de muito distante. — Torak, olhe para mim. Somente para mim. *Não se mexa!*

O corvo saltou de seu ombro e Torak cambaleou. Debaixo dele, o solo balançava.

O chão não. O *galho*. Ele parou na extremidade do galho, as mãos agarrando o vazio.

— Olhe para mim — ordenou Renn. Ela se agachou perto do tronco da árvore, uma das mãos segurando a corda que o circundava, a outra esticando-se na direção dele. — *Não olhe para baixo.*

Ele olhou para baixo. Uma queda vertiginosa. Bem lá embaixo, nas raízes como cobras do teixo. Ele viu um rosto pálido com cabelo cinza virado para cima. Balançou.

A voz de Renn o chamou de volta.

— Torak. Venha... para... mim. — Seus olhos negros o atraíram.

Ele caiu de joelhos e se arrastou na direção dela.

— Você não se lembra de *nada*? — perguntou Renn.

Torak sacudiu a cabeça. Tremia e estava enjoado, no pior estado em que ela já o vira. Tudo o que Renn pudera fazer foi descê-lo da árvore.

— De ter desamarrado a corda ou rastejado pelo galho? Nada?

— Nada — murmurou ele.

Finalmente, ela abriu a pele de água.

— Tome. Vai se sentir melhor.

Ele não respondeu. Estava sentado com as costas apoiadas no teixo, olhando fixamente para seus galhos.

O vento tinha diminuído e se aproximava a alvorada. Rip e Rek estavam empoleirados nos ramos mais baixos, dormindo para esquecer a carne de cavalo que Renn lhes dera para dizer obrigado. Ela duvidava se Torak ao menos os enxergava. Havia uma luz estranha, estilhaçada, em seus olhos e, quando olhou mais de perto, ela percebeu que eles não eram mais de um puro verde-claro. Em suas profundezas, haviam pequeninas pintas verdes.

— Eu o vi — disse ele. — Vi Thiazzi. Está perto das Montanhas. Fazendo feitiços. Ele pensa que pode governar a Floresta. — Ficou de quatro e vomitou.

Quando acabou, desabou contra a árvore.

— Pensei que nunca mais voltaria.

— Como assim?

Ele fechou os olhos.

— Quando você penetra como espírito errante num corvo... ou num urso ou num alce... fica dentro desse animal. Mas as árvores... elas não se desunem. Para elas, pensar, falar, bancar o espírito errante, é tudo a mesma coisa. De árvore a árvore, de freixo para faia para azevinho, tudo se passa entre elas. Além disso, mais depressa do que se poderia imaginar. — Apertou as têmporas. — Há tantas *vozes*!

Renn podia apenas observar com impotência. O que a preocupou mais dessa vez, enquanto ele bancava o espírito errante, foi que seu corpo se movimentou. Isso nunca ocorrera antes.

Ela sabia que as pessoas, às vezes, andavam durante o sono, se seu nome-alma escapasse durante um sonho. O corpo vagueia, tentando encontrar a alma errante, e normalmente eles se juntam mesmo antes de um ou outro ter deixado o abrigo. Mas ela não fazia ideia do que aquilo podia significar para Torak.

– Por que fez isso, Torak? Por que bancar o espírito errante agora?

Ele abriu os olhos.

– Para encontrar Thiazzi. – Hesitou. – Eu o vi, Renn. Algumas vezes, foi um lampejo de cabelos claros. Outras vezes, ele estava bem ali. Completamente encharcado. Acusando.

Um arrepio percorreu a pele de Renn. Pelo seu rosto, ela percebeu que ele se referia a Bale.

Lembrou-se do dia dos ritos mortuários, quando Torak foi para a praia e gritou o nome de Bale para o céu. Como se *quisesse* ser assombrado.

– Por que ele o estaria acusando? – perguntou ela.

Ele bateu a parte de trás da cabeça no teixo, forte o bastante para doer.

– Nós brigamos. Eu saí para ficar sozinho.

Oh, Torak.

– Por quê... por que vocês brigaram?

Ele evitou seu olhar.

– Bale ia pedir que você ficasse com ele.

Renn sentiu o ardor subindo para o rosto.

– Ele não queria brigar – continuou Torak. – Fui eu. A culpa foi minha. Eu deixei que ele ficasse vigiando sozinho. Por isso, ele foi morto.

Em volta deles, os pássaros despertavam. Renn viu o orvalho brilhar nos anéis de uma gorda lagarta de samambaia. Um abelhão bisbilhotava as anêmonas.

Todo esse sofrimento, pensou ela. Bale morto. Seu clã inteiro angustiado. Fin-Kedinn ferido. Torak atormentado pela culpa. Tudo por causa de Thiazzi. Até então, ela não entendera como se espalhava a maldade dos Devoradores de Almas, como rachaduras num lago congelado.

— Torak — disse finalmente. — Isso não o torna culpado. Thiazzi é o assassino. E não você.

A abelha pousou no joelho de Torak, e ele observou seu avanço irregular.

— Então por que ele me assombra? Preciso cumprir meu juramento, Renn. Ou ele permanecerá comigo para sempre.

Ela pensou a respeito.

— Talvez você tenha razão. Mas eu também estarei com você. E Lobo. E Rip e Rek. — Fez uma pausa. — Só que, de agora em diante, *não* me mande voltar para o meu clã.

Ele torceu os lábios. Em seguida, bufou. Movendo cuidadosamente a abelha para sua palma, ele a colocou sobre uma folha de labaça.

A alvorada chegou, e eles ficaram sentados, lado a lado, observando a luz do sol se inclinar através da Floresta.

Após um tempo, Torak disse:

— Se ele tivesse pedido que você ficasse com ele, você teria dito sim?

Renn virou-se para encará-lo.

— Como é capaz de me perguntar isso? — disse ela, exasperada.

Ele ficou intrigado.

— Sinto muito, eu... Isso quer dizer não?

Ela abriu a boca para retrucar mas, nesse momento, Lobo retornou, o focinho escuro de sangue. Dando a ambos um cumprimento fedendo a carniça, lambeu Torak debaixo do queixo, e os dois trocaram um de seus olhares falantes.

Renn perguntou-lhe o que Lobo estava dizendo.

– Besta Brilhante – disse-lhe ele. – E... Não tenho certeza, algo quebrado. Pensamento? Mente? Mente quebrada?

– Loucura – disseram ao mesmo tempo.

Não tiveram tempo de imaginar o que isso significava.

Lobo irrompeu num pequeno ganido estranho, nervoso e disparou pela vegetação rasteira. Torak puxou Renn para colocá-la de pé e ficou na frente dela. Cinco caçadores silenciosos saíram do meio das árvores. No tempo que Renn levou para sacar sua faca, ela e Torak foram cercados. Os caçadores trajavam vestes simples de couro e não carregavam armas. De algum modo, não precisavam delas. Renn notou que não usavam faixas de cabeça. De que lado estariam eles?

– Vocês vêm com a gente – disse uma voz calma acostumada a ser obedecida. – Sua busca está no fim.

CATORZE

A mulher exibia um colar de frutos de faia e uma expressão distante, como se seus pensamentos estivessem em assuntos que ninguém mais conseguiria entender.

Renn supôs que era a Maga ou a Líder, ou ambas. Seus longos cabelos castanhos estavam soltos, exceto por um cacho na têmpora, emaranhado com sangue da terra; e, de seu cinto, pendia uma ponta de galhada. A tatuagem de clã em sua testa era uma pequena pata fendida preta.

– Você é Veado-Vermelho – disse Renn.

– E você é Corvo – disse a mulher, vendo tranquilamente através de seu disfarce. – E você – virou-se para Torak – é o espírito errante.

Ele engoliu em seco.

– Como souberam?

– Nós sentimos suas almas caminharem. Você pode dissimular isso de outros, mas não de Veados-Vermelhos.

— Ele não dissimula isso — disse Renn.
— Então alguém o faz por ele — rebateu a mulher.
Renn desejou perguntar o que ela quisera dizer, mas Torak falou ansiosamente:
— Minha mãe era Veado-Vermelho. Você a conheceu?
— Claro.
Ele inspirou fundo e engoliu em seco.
— Como ela era?
— Aqui não — disse a mulher. — Vamos levá-los para o nosso acampamento.

Houve um gesto de protesto de um de seus acompanhantes, um homem cujo cabelo estava escondido por uma capa de casca de árvore avermelhada.

— Mas, Durrain, eles são forasteiros! Não devem ver o nosso acampamento, principalmente a garota!

— Eu não sou forasteiro — protestou Torak. — Sou parente.

— O que você tem contra mim? — perguntou Renn.

— Nós iremos para o acampamento — repetiu Durrain. Então, para Torak e Renn: — Vocês podem ficar com suas armas, mas não precisarão delas. Enquanto estiverem com os Veados-Vermelhos, estarão completamente seguros.

Renn sentiu que ela falava a verdade — afinal, Fin-Kedinn dissera que eles os procurassem —, mas não gostou de Durrain. Seu rosto fino era insensível como pedra. E ela nem mesmo perguntara seus nomes.

Durrain os conduziu para leste, por uma trilha de veados que mantinha o mato trançado. Por duas vezes, Renn avistou Lobo, que continuava na mesma posição que eles. Imaginou o que ele achava de terem se afastado do rastro de cheiro de Thiazzi mas, quando mencionou isso a Torak, ele fez pouco caso.

— Durrain disse que nos ajudaria.

— Ela disse que nossa busca estava no fim. Isso pode não significar a mesma coisa.

— Eles são meus parentes de osso. Eles *têm* de ajudar.

Atravessar o mato trançado era trabalho duro, e um jovem e bonito caçador se ofereceu para carregar o saco de dormir de Renn. Ela declinou da oferta, mas logo se arrependeu. O caçador percebeu e o levou assim mesmo.

Ela apontou para o homem com a capa de casca de árvore na cabeça, que caminhava na frente.

— Por que ele não gosta de mim?

O jovem suspirou.

— Certa ocasião, nós adotamos um Corvo. Ele ajudou o Devorador de Almas a fazer o urso demônio.

Renn se conteve.

— Esse foi o meu irmão. O Devorador de Almas também o enganou.

O homem de cabeça de casca de árvore olhou para ela.

— É o que *você* diz. O urso matou a minha companheira. É por isso que não gosto de Corvos.

Quando ele estava fora do alcance da voz, o jovem caçador justificou:

— Ele ainda sente falta dela.

— É por isso que ele envolve a cabeça com casca? — perguntou Renn.

— Sim, nós colocamos os nossos mortos em suas árvores preferidas, e então envolvemos nossas cabeças com suas cascas, para nos lembrarmos deles.

— Mas vocês não usam faixas de cabeça. De que lado então vocês estão?

Ele parou no caminho.

— Nós não tomamos lados. Nós nunca lutamos.

Renn ergueu as sobrancelhas.

— O que os outros clãs acham disso?

— Eles nos desprezam, mas nos deixam em paz.

Por enquanto, pensou ela. Olhou para Torak, mas ele não estava ouvindo. Sorvia cada detalhe sobre o clã de sua mãe, o rosto repleto de saudade. Renn sentiu uma pontada de preocupação. Esperava que aquele povo, estranho e distante, não o decepcionasse.

Caminharam a maior parte do dia, e Renn logo perdeu a noção de direção. Finalmente, chegaram a um lago com uma ilhota coberta de mato no meio. Disseram-lhe que era o Lago Água Negra, em meio à surpresa de que ela ainda não o conhecesse.

O acampamento Veado-Vermelho ficava mais além do lago, e estava tão bem dissimulado que, se não fossem as fogueiras, Renn teria passado direto. Um monte de juníperos revelou-se o maior abrigo que ela já vira: contou sete entradas cobertas por abas de pele de rena tingidas de verde. Uma dupla de cães – os primeiros que encontrava na Floresta Profunda – veio investigar, captou o cheiro de Lobo nela e fugiu. Crianças bisbilhotaram, então voltaram rapidamente para dentro.

Estava estranhamente silencioso, mas, pela primeira vez em dias, ela se sentiu segura. Nada conseguiria pegá-la ali: nem *tokoroths*, nem caçadores Cavalos da Floresta, nem a ameaça de cabelos de cinzas. A lendária Magia do Veado-Vermelho os manteria a distância. E, ainda assim, tudo o que ela conseguia ver eram alguns pequenos fardos de cascas amarrados às árvores.

O jovem caçador conduziu Torak ao lago, para se lavar, e uma mulher chamou Renn para uma baía afastada. Após algum convencimento, ela tirou as roupas e ficou tremendo, enquanto a mulher usava um bolo do que parecia ser lama cinzenta endurecida para esfregar de seu corpo seu disfarce de Floresta Profunda. Foi bom ser ela novamente, mas sua pele pinicava. Perguntou o que havia no bolo cinzento.

A mulher ficou surpresa por ela não saber.

– São cinzas. A gente queima samambaia verde, depois mistura com água e cozinha.

Cinzas, pensou Renn. Sempre cinzas.

– Todos na Floresta Profunda usam isso – disse a mulher. – É como saponária, só que melhor.

Outra mulher trouxe roupas: perneiras e gibão de couro de gamo guarnecido com pelo de lebre, belas botas de couro de alce e uma flexível capa com capuz que Renn confundiu com entrecasca de árvore, mas lhe disseram que era fibra de urtiga trançada. Tudo coube perfeitamente, mas ela ficou aborrecida ao saber que, fora as penas de seu animal de clã, suas roupas de Corvo foram queimadas.

— Mas as nossas são muito melhores — protestaram as mulheres.

Melhores roupas, melhor lavagem, melhor tudo, pensou Renn, irritada. Talvez todos nós devêssemos ceder e imitá-los.

Para melhorar seu ânimo, ela fingiu que precisava ir ao monte de esterco e, quando ficou sozinha, arregaçou uma perneira, pegou a faca de dente de castor, que o Clã da Lontra tinha lhe dado, e a amarrou na panturrilha com o cordão de arco sobressalente. Pronto. Por via das dúvidas.

Quando ela voltou, Torak estava sentado junto ao fogo, também com roupas novas, e lavado de seu disfarce. Foi um alívio vê-lo parecer novamente com ele mesmo; mas tinham tirado sua faixa de cabeça, e ele não parava de tocar em sua tatuagem de proscrito.

Ele arredou para o lado, a fim de abrir espaço para ela a seu lado, enquanto o resto do clã se instalava em volta da fogueira.

— Deixe a carranca de lado — cochichou para ela —, eles estão nos ajudando. E cheire só essa comida!

Ela bufou.

— É capaz de ser *muito* melhor do que a nossa.

Mas Renn teve de admitir que era boa. Um imenso cesto de raízes trançadas tinha sido colocado logo acima das brasas. Estava cheio de um cheiroso ensopado de carne picada de auroque, cogumelos e pontas de samambaias, que ficou pronto quando o cesto estava quase todo queimado. Também havia deliciosos bolos achatados de avelãs trituradas e pólen de pinho e, para concluir, um enorme balde de mel, com um fumegante chá de pinas de abeto para empurrar tudo goela abaixo.

Era maravilhoso poder novamente se esquentar junto a uma fogueira, mas, fora uma breve prece para a Floresta, os Veados-

Vermelhos comeram em silêncio. Renn lembrou-se saudosa das ruidosas refeições noturnas dos Corvos, com todo mundo trocando histórias de caça.

Assim que terminaram, Durrain começou a interrogar Torak. Surpreendentemente, ela não mostrou qualquer interesse pelo motivo pelo qual eles tinham vindo; queria apenas saber como fora ser espírito errante numa árvore.

Torak pelejou para explicar.

— Eu... Eu fui um teixo. Depois, estive numa árvore após a outra. Havia muitas vozes... não consegui aguentar.

— Ah — suspirou todo o clã.

Até mesmo Durrain denunciou uma ponta de emoção.

— O que você ouviu foi a Voz da Floresta. Todas as árvores que são, ou que já foram. É enorme demais para um homem aguentar. Se tivesse ouvido por mais do que o espaço de uma batida de coração, suas almas teriam sido despedaçadas. Mesmo assim... como eu o invejo.

Torak engoliu em seco.

— Minha mãe... Você disse que a conheceu. Fale-me sobre ela.

Durrain descartou isso com um abano de mão.

— Ela preferiu ir embora. Não posso lhe dizer nada.

— Nada? — Torak ficou consternado.

Renn ficou zangada por ele.

— Certamente, tentaram encontrá-la, não?

Durrain deu-lhe um sorriso gelado.

— Mas... ela e o pai de Torak estavam combatendo os Devoradores de Almas. Eles precisavam da ajuda de vocês.

— Os Veados-Vermelhos nunca lutam — afirmou Durrain. Seus olhos eram de um marrom vivo como o da noz de faia, e eles perfuraram as almas de Renn. — Vejo que você tem uma pequena habilidade em Magia. Na Floresta Profunda, está fora de lugar. Você não é nenhuma Maga.

Ela tinha razão. Era a vez de Renn ser subjugada.

Ao lado dela, Torak se atiçou.

— Você não sabe nada sobre Renn. No verão passado, suas visões nos alertaram contra a grande inundação. Ela salvou clãs inteiros.

— De fato – disse Durrain.

Torak ergueu o queixo.

— Estamos perdendo tempo. Você disse que a nossa busca chegou ao fim. Sabe onde está o Mago Carvalho?

— Não há nenhum Mago Carvalho na Floresta Profunda – declarou Durrain.

— Engana-se – disse Torak. – Nós seguimos sua pista até aqui. Seu rastro segue para o sul.

— Se houvesse um Devorador de Almas na Floresta Profunda, os Veados-Vermelhos saberiam.

— Vocês não souberam antes – lembrou Renn. – O andarilho coxo viveu com vocês um verão inteiro e vocês nunca souberam quem ele era.

Isso arrancou murmúrios irritados dos outros, e os lábios de Durrain se estreitaram.

— Sua busca chegou ao fim. Esta noite, rezaremos. Amanhã, levaremos vocês de volta para a Floresta Aberta.

— Não – gritaram Renn e Torak juntos.

— Vocês não sabem no que se meteram – disse Durrain. – A Floresta Profunda está em guerra!

— Mas vocês nunca lutam – retrucou Renn –, por que isso os afetaria?

— Afeta todos nós – disse Durrain. – Isso mantém distante o Espírito do Mundo, o que faz a Floresta adoecer. Certamente, mesmo na Floresta Aberta, vocês sabem disso.

— Não, nós somos muito ignorantes – disse Renn. – Por que não nos instrui?

Durrain lançou-lhe um olhar furioso.

— No inverno, o Espírito do Mundo assombra as pastagens do planalto na forma de uma mulher com cabelos como salgueiro. No verão, caminha pelas profundezas da mata como um homem alto com galhadas de veado. Isso vocês sabem?

Renn fez um tremendo esforço para manter a calma.

— Na primavera, no momento da mudança, o Grande Carvalho no bosque sagrado irrompe em folhas. Mas não nesta primavera. Os botões de flor foram comidos por demônios. O Espírito não veio. — Ela fez uma pausa. — Já tentamos tudo.

— Os galhos vermelhos — observou Torak.

Durrain assentiu.

— Cada clã suplica ao Espírito à sua própria maneira. Os Auroques pintam galhos. Lince e Morcego fazem sacrifícios. Os Cavalos da Floresta também pintam galhos, e seu novo Mago jejua sozinho no bosque sagrado, à procura de um sinal.

Renn sentiu Torak se contrair.

— O Mago Cavalo da Floresta — perguntou ele — é homem ou mulher?

— Homem — respondeu Durrain.

O coração de Renn disparou.

— Como é a aparência dele?

— Ninguém vê seu rosto. O tempo todo, usa uma máscara de madeira, para estar em comunhão com as árvores.

— Onde fica o bosque sagrado? — quis saber Torak.

— No vale dos cavalos — informou Durrain.

— Onde fica isso? — perguntou Renn.

— Nós nunca revelamos a forasteiros.

— Em que área fica isso? — indagou Torak. — Do Auroque ou do Cavalo da Floresta.

— O bosque sagrado é o coração da Floresta — disse Durrain. — Não pertence a ninguém. Todos podem ir lá, mas só numa grande necessidade. Pelo menos era assim, até o Mago Cavalo da Floresta proibir.

Renn inspirou fundo.

— E se nós lhes dissermos que o Mago Cavalo da Floresta é Thiazzi disfarçado?

Durrain deu-lhe um olhar compassivo, e os outros sorriram descrentes.

— Mas, se estivermos certos — propôs Torak —, vocês nos ajudariam? Vocês me ajudariam, seu parente de osso, a combater o Devorador de Almas?

— Os Veados-Vermelhos nunca lutam — repetiu Durrain.

— Mas não podem ficar sem fazer nada! — berrou Renn.

— Rezamos para a luta parar — retrucou Durrain. — Rezamos para o Espírito do Mundo vir.

— É essa a reação de vocês? — indagou Torak — Rezar?

Durrain pôs-se de pé.

— Vou lhes mostrar por que não lutamos — disse ela, cuspindo as palavras como seixos. Pegando Torak e Renn pelo pulso, arrastou-os para fora do acampamento.

Seguiram colina acima, e logo chegaram a uma pequena clareira no mato onde o sol da tarde incandescia ondas amarelas de dentes-de-leão. Não havia canto de pássaros. A clareira estava sinistramente silenciosa. No meio, Renn avistou um emaranhado de ossos descorados: os esqueletos de dois veados-vermelhos adultos.

Era horrivelmente fácil adivinhar o que acontecera. Época do cio do outono passado, e os veados tinham lutado por fêmeas. Renn viu as grandes cabeças se chocando, as galhadas se prendendo. A peleja para se soltarem. Não conseguiram. Estavam aprisionados.

— Foi *esse* o sinal que o Espírito enviou — disse Durrain. — Vejam o que aconteceu aos nossos animais de clã! Eles lutaram! Não conseguiram se soltar. Morreram de fome. *Isso* é o que acontece quando se luta. E o Veado-Vermelho *não* quer nada com *isso*!

QUINZE

Enquanto Durrain os conduzia de volta ao acampamento, Torak recuou um pouco e Renn adiantou o passo para ficar ao lado dele.

– Você está bem? – perguntou ele.
– Estou ótima.
Ela tocou em sua mão.
– Sei que esperava mais deles.
Torak forçou um dar de ombros. Por ela ser quem era, Torak não se importou que lamentasse por ele, mas, para impedi-la de dizer mais alguma coisa, comentou:
– Acho que eles estão errados sobre não lutar.
– Eu também.
– Como é possível não lutar contra Devoradores de Almas? Se ninguém os combater, eles dominarão a Floresta.
– Contudo – continuou ele, imitando o tom soberbo de Durrain –, quem somos *nós* para questionar os modos do Veado-Vermelho?
Ela sorriu.

— Especialmente você, seu Corvo ignorante.

Ela lhe deu uma cotovelada nas costelas e ele deu um grito curto, o que mereceu um olhar de censura de Durrain.

Ao se aproximarem do acampamento, Torak falou em voz baixa:

— Mas eles nos disseram uma coisa importante.

Renn concordou com a cabeça.

— Precisamos encontrar o bosque sagrado.

Caía a noitinha, e a maior parte dos Veados-Vermelhos tinha ido para o abrigo. Durrain estava à espera deles.

— Nós rezamos até o amanhecer — anunciou ela. — Vocês rezarão conosco.

Renn tentou parecer obediente, e Torak curvou a cabeça com reverência, embora não tivesse qualquer intenção de rezar. Ele não iria mais se deixar distrair.

Uma mulher emergiu da trilha ao lado, avistou Durrain e pareceu confusa, como se procurasse onde se esconder.

Durrain bufou.

— Onde você estava?

— Eu... Eu levei uma oferenda para os cavalos — gaguejou a mulher.

— Devia ter me falado primeiro.

— Sim, Maga — concordou a mulher, humildemente.

Torak fez contato visual com Renn. *Os cavalos.*

Para dar a ele uma chance de segurar a mulher, ela pediu a Durrain que explicasse como o Veado-Vermelho entrava em transe. A Maga lançou-lhe um olhar e levou-a para o abrigo.

— A gente deveria entrar — choramingou a mulher. Ela tinha pele escamosa, o que lembrava a Torak carne seca de rena, e não parava de piscar, como se antecipasse um soco. A casca de árvore que envolvia sua cabeça estava suja e precisando ser substituída.

Para deixá-la mais à vontade, ele perguntou por quem era o seu luto.

— M-Minha criança — murmurou. — A gente deveria entrar.

— E faz oferendas aos cavalos? No vale deles?

— Sim, no Rio Sinuoso. — Gesticulou para trás, depois tapou a boca com as mãos. — A gente deveria *entrar*!

Vibrando de empolgação, Torak deixou sua machadinha e seu arco onde pudesse encontrá-los e seguiu-a para dentro. Tinha sido quase fácil demais.

Lá dentro, estava tão sombrio quanto a Floresta no meio do verão. Das vigas mestras, pendiam milhares de fibras de urtiga para secar: elas roçaram seu rosto como um comprido cabelo verde. Homens e mulheres achavam-se sentados em lados opostos, com Durrain no meio, sacudindo um par de matracas feitas com cascos de veado. Não havia fogueira. A única calidez era a úmida quentura da respiração.

Torak localizou Renn, que lhe deu um sorriso conspirador. Ele se sentia culpado, pois ela não iria junto. Torak não sabia dizer por quê; sabia apenas que, quando enfrentasse Thiazzi, Renn não deveria estar lá para presenciar.

Indo para o lado dos homens, ele encontrou um lugar perto de uma das portas.

O último Veado-Vermelho entrou rastejante e colocou uma tigela e uma bandeja diante de Durrain. Ela ergueu a tigela e bebeu.

— Chuva das trilhas do guardião de três cabeças — entoou ela. — Bebam a sabedoria da Floresta. — Passou a tigela.

Da bandeja, ela tirou um pedaço de bolo achatado.

— Casca do pinheiro sempre vigilante. Comam a sabedoria da Floresta.

Quando chegou a vez de Torak, ele escondeu o bolo na manga e apenas fingiu dar um gole na tigela. Secretamente, esticou a mão e sentiu o vento frio por baixo da aba de couro.

O olhar de Durrain varreu a multidão.

Ele gelou.

Durrain começou a sacudir as matracas num ritmo uniforme e constante.

— Floresta — entoou. — Você vê tudo. Você sabe de tudo. Nenhuma andorinha tomba, nenhum morcego respira sem que você saiba. Ouça-nos.

— Ouça-nos — ecoaram os outros.

— Termine a contenda entre os clãs. Traga de volta o Espírito de cabeça de veado para seus vales sagrados.

A cantoria e os cascos galopantes continuaram sem parar, e, ainda assim, Durrain vigiava seu povo. A metade da noite veio e se foi. Torak quase tinha perdido a esperança, quando, sem interromper o ritmo, ela baixou seu capuz sobre o rosto — e os demais fizeram o mesmo.

À medida que o cântico dos Veados-Vermelhos fazia com que seu transe se aprofundasse, Torak recuava para mais perto da aba da tenda. Os homens que o ladeavam estavam perdidos em sua escuridão de fibra trançada. Eles não o viram escapar.

Após apanhar suas armas, ele partiu trilha acima.

Não tinha ido muito longe, quando Rip e Rek mergulharam e lhe lançaram um crocitar de boas-vindas. *Por onde você andava?*

Lobo surgiu como uma sombra cinzenta e correu para seu lado. *Mordido. Não longe.*

A lua semimordida se recolhia, o amanhecer não demoraria. Torak apressou o passo. A emoção da caçada efervescia em seu sangue. Sentia-se veloz e invencível, um caçador aproximando-se de sua presa. Aquilo estava escrito.

O garoto foge. Aquilo estava escrito.

Por três dias e três noites, o Escolhido observou os descrentes, como era desejo de Amo. A garota tira o poder de uma vara de maldição com a mesma facilidade com que se tira água de um balde. O garoto chama corvos do céu e conversa com um grande lobo cinzento — e seu espírito erra.

O garoto acredita que é astuto, que segue o rastro do Mestre até o bosque sagrado. Ninguém rastreia o Amo. O Amo convoca e outros obedecem. Até mesmo o fogo obedece ao Amo.

O desejo do Amo precisa ser cumprido.

DEZESSEIS

Rompeu a madrugada, e nem os Veados-Vermelhos e nem Renn vieram atrás dele. Torak quase desejava que tivessem ido. Em breve, nada se colocaria entre ele e sua vingança.

Durante o transcorrer do dia, seguiu a trilha do Rio Sinuoso acima, mas aquela veloz correnteza de cor parda tinha pouca semelhança com o poderoso rio no qual se transformaria a Floresta Aberta.

Lobo caminhava a seu lado com o rabo caído e a cabeça erguida. Até mesmo os corvos tinham parado de mergulhar atrás de borboletas. A emoção da caça cedera lugar à apreensão.

O vale se estreitou para uma garganta e o rio tornou-se um córrego veloz. Um seco vento sul havia soprado o dia todo, mas agora diminuíra para um sussurro. Torak sentiu um formigamento na espinha. Eles penetravam nos contrafortes das Montanhas Altas.

Lobo farejou um torrão de terra que fora escoiceado pelo casco de um cavalo. Torak abaixou-se para apanhar um longo pelo de cauda.

Acima dele, as folhas novas de faia e de vidoeiro reluziam como neve. O ar estava fresco e cheirava a abeto, e vibrava com o canto de pássaros: tentilhões, rouxinóis, tordos, cambaxirras. Até mesmo as verônicas na trilha eram de um azul anormal, como flores num sonho. Ele tinha chegado ao vale dos cavalos.

Lobo ergueu a cabeça. *Vamos em frente?*

Eu preciso, disse-lhe Torak. *Você não. Perigoso.*

Se você precisa, eu preciso.

Caminharam pela sombra bruxuleante.

A trilha, notou Torak, fora pisoteada por cascos e patas, mas não por botas. As presas não mostravam medo dele, e Torak deduziu que ali as pessoas eram proibidas de caçar. Um pica-pau negro saltitou para trás ao longo de um galho, atrás de formigas. Estava tão perto que Torak viu de relance sua comprida língua cinzenta. Um corço mastigava urtiga-morta. Ele poderia ter tocado sua áspera pelagem marrom. Aproximou-se de um javali fêmea fungando atrás de raízes; ela o observou passar sem levantar o focinho.

O vale se estreitou para uma garganta, e vidoeiros deram lugar a abetos musgosos. A brisa cessou. Os pássaros calaram-se. As passadas de Torak soavam altas. Ele tocou no ombro onde costumava ficar a pele de seu animal de clã. Um nó de temor apertou-se em seu coração.

Desde a morte de Bale, seu único propósito fora encontrar Thiazzi. Não pensara no que viria depois. Fez isso agora. Tinha de matar o homem mais forte da Floresta.

Teria de matar um homem.

Talvez tivesse sido por isso que deixara Renn para trás: porque não queria que ela o visse fazer aquilo. Mas sentia falta dela.

Um murmúrio de asas atrás, e ele virou-se, torcendo para que fossem Rip e Rek. Era um gavião sobre um toco, arrancando o peito de um tordo sem cabeça.

Talvez, pensou Torak, os corvos tenham ido embora porque sabem o que eu vou fazer.

Lobo, porém, continuava com ele. Olhava para Torak, e seus olhos cor de âmbar possuíam a pura e firme luz do guia. *Não vá.*
Eu preciso, respondeu Torak.
Isso é ruim.
Eu sei. Eu preciso.
O sol mergulhou no céu e as árvores se fecharam. O rio desapareceu, mas Torak o ouvia correr pelo subsolo. Finalmente, sua voz reduziu-se a nada.

Uma pedra rolou ruidosamente atrás dele. Quando parou, o silêncio surgiu de volta como algo vivo.

A trilha dobrou-se numa curva e as Montanhas se elevaram diante dele, espantosamente próximas. As paredes do vale se inclinavam, apagando a luz mortiça. Adiante, os mais altos pés de azevinho que ele já vira o alertaram para que voltasse. Mais além deles, ele sabia, estava o bosque sagrado: o coração da Floresta.

Alguns lugares guardam um eco dos acontecimentos; outros têm seu espírito próprio. Torak sentiu o espírito daquele lugar como um mudo zunido em seus ossos. Da bolsa, tirou o chifre de remédios de sua mãe. Sacudiu sangue da terra na palma e lambuzou um pouco as faces e a testa. O chifre parecia vibrar, como o zunido em seu tutano.

Lobo farejou sua mão. Suas orelhas estavam achatadas contra a cabeça. Ele não era mais o guia. Era o irmão de alcateia de Torak, e amedrontado.

Torak ajoelhou-se e soprou delicadamente em seu focinho, sentindo o titilar de seus bigodes e captando seu cheiro suave, limpo. Não podia deixar que Lobo fosse mais adiante. Era perigoso demais. Tinha de fazer aquilo sozinho. Detestando a confusão que causaria, mandou Lobo ir embora.

Lobo se recusou.

Torak repetiu a ordem.

Lobo correu em círculos. *Você não deve caçar o Mordido!*

Vá, repetiu Torak.

Lobo pateou seu joelho. *Perigo!* Uff!

Torak endureceu seu coração. *Vá!*

Lobo deu um ganido aflito e correu para dentro da Floresta.

Você agora está sozinho, pensou Torak. Sentiu o frio da noite escapando para fora da terra. Levantou-se e caminhou para a escuridão entre as árvores.

Enquanto Lobo corria encosta acima, preocupação e medo brigavam dentro dele. Aquele era um lugar terrível. Os pés de azevinho sussurravam alertas que ele não entendia. Eram muito velhos e não o queriam ali.

Alcançou um cume acima das árvores sussurrantes e deslizou do chão até parar. A brisa levava ao seu nariz uma confusão de odores. Cheirou a Brilhante Bicho-que-Morde-Quente, e o Mordido, e um bafejo de demônio. Cheirou o medo e a fome de sangue de seu irmão de alcateia. Não era a fome da caça, era mais profundo, mais violento. Era não lobo. Lobo não entendia aquilo, mas o temia. E temia pelo Alto Sem-Rabo, pois sentia em seu pelo que, se Alto Sem-Rabo atacasse o Mordido, ele seria morto.

O Mordido era mais forte do que um urso. Nem mesmo a Besta Brilhante ousava atacá-lo. O que poderia fazer um lobo?

Lobo trotou de um lado a outro do cume, ganindo de aflição. Sentiu um leve tremor na terra. Girou as orelhas. Trotando para cima do cume, ele saltou para um toco. Captou o forte cheiro da imensa presa que parecia um auroque – mas não era.

Sentiu o cheiro que indicava que uma manada desses não auroques estava se alimentando no vale próximo. Eram animais enormes, mas tímidos, embora pudessem ser extremamente zangados, e detestavam ser caçados, como Lobo descobrira no Escuro anterior.

Saiu correndo para encontrá-los.

Os azevinhos cheiravam a pó e aranhas. Seu alerta contra Torak aumentava, chupando o ar de seus pulmões como o vento suga fumaça de um abrigo.

Finalmente, os azevinhos ficaram esparsos e, por entre seus troncos retos e pretos, ele avistou a luz vermelha de uma fogueira. Sacou a faca. Ao se aproximar, ouviu o crepitar de chamas. Sentiu o fedor de carne chamuscada.

Alcançou a última árvore e se colocou atrás dela. A sensação da casca do azevinho em sua palma era fria como ardósia.

O bosque sagrado estava banhado pela luz azul do luar e sombreado pelos ombros quebrados das Montanhas. Um círculo de brasas vivas queimava em solo pedregoso. Mais além, enevoadas pela fumaça, havia duas enormes árvores lado a lado, seus galhos superiores entrelaçados como mãos.

O Grande Carvalho avançava numa eterna peleja em direção ao céu. Seu tronco poderoso era sulcado como um rio de gelo, e, sob a luz incerta, Torak viu rostos retorcidos de casca encarando-o. Não havia folhas amaciando os dedos de galhos do carvalho: seus brotos tinham sido devorados por demônios. Dos mesmos galhos, porém, pendiam pequenas formas grumosas. Torak não conseguia distinguir o que eram. Temia descobrir.

O Grande Teixo era velho além da imaginação. Torak sabia, pois havia errado por entre suas almas verdes. Seus membros retorcidos tinham sido descorados pelo tempo e agora exibiam um prateado de madeira flutuante, mas, por baixo, o alburno dourado pulsava. Seus ramos sempre-alertas tinham sobrevivido a fogo e inundação, relâmpago e seca. Suas raízes eram mais duras do que pedra, e sustentavam as Montanhas. O Grande Teixo nada temia, nem mesmo demônios.

Do nada, uma rajada de vento dissipou a fumaça e soprou vida ao fogo. Torak viu que uma estaca tinha sido enfiada em seu coração, e, dela, pendia uma carcaça delgada, enegrecida.

Torak sentiu-se enjoado. Agora entendia o que pendia do Grande Carvalho. Carcaças. Pequenas demais para serem humanas, chamuscadas demais para serem reconhecidas.

Matar um caçador. Lembrou-se dos terríveis sacrifícios dos Devoradores de Almas nas cavernas no Distante Norte. Lembrou-se de Fin-Kedinn contar sobre os tempos ruins do distante passado, quando os clãs tinham matado caçadores, inclusive pessoas.

Isso, pensou, é maldade. Podia sentir no ar: um pútrido enjoo sufocante entorpecendo o coração da Floresta.

Sua mão no cabo da faca estava escorregadia com suor. Não havia volta. Ele tinha de deixar o abrigo dos pés de azevinho e encontrar Thiazzi.

Estava para dar o primeiro passo quando uma das pedras mais além do fogo se levantou, abriu os braços e se tornou um homem.

DEZESSETE

O mago ergueu-se das próprias raízes do bosque sagrado. Vestia um ondeante manto de couro de cavalo e uma comprida máscara entalhada com uma juba de rabos de cavalos. Os olhos pintados resplandeciam escarlate, e a boca escancarada era orlada com penas negras que tremiam a cada respiração.

Respiração de espírito, tinha dito Renn certa vez a Torak. *Uma máscara é o rosto de um espírito. Quando você põe uma máscara, torna-se esse espírito. As penas mostram que o espírito está vivo.*

Máscara e manto lhe mostraram que era o Mago Cavalo da Floresta, mas, sobre o peito, ele usava uma coroa de bolotas de carvalho e visco, os símbolos de seu verdadeiro clã, e, dela, pendia uma pequena e pesada bolsa. A opala de fogo.

Atrás do azevinho, Torak embainhou desajeitadamente sua faca. Ela seria inútil contra tal poder. Apanhou o arco e tateou a aljava atrás de uma flecha. Seu coração batia com tanta força que doía. Sentia-se como um camundongo prestes a atacar um auroque.

Parado diante da fogueira, o Mago começou a ofegar, forçando o ar para fora do peito em fortes exalações, ugh-ugh-ugh. Deu um passo para mais perto do fogo. Deu outro para *dentro* dele. Através do tremulante calor. Torak observou seus pés descalços pisarem nas brasas vivas. Não é possível, pensou.

Ofegando mais depressa, ugh-ugh-ugh, o Mago arrancou a carcaça da estaca e caminhou de volta para solo firme.

A cabeça de Torak vacilou. Se nem mesmo fogo era capaz de afetá-lo... Ele não conseguiria fazer aquilo. Não conseguiria.

Observou o Mago erguer um pé de samambaia caído, como se fosse um graveto, e colocá-lo contra o tronco do Grande Carvalho. A samambaia tinha entalhes que a tornavam uma escada. O Mago subiu e pendurou a carcaça num ramo. Ao descer, pegou um saco do meio das raízes do Grande Carvalho e dele tirou um falcão.

O estômago de Torak revirou. O falcão estava vivo. Esvoaçou violentamente enquanto o Mago o amarrava por uma das pernas a uma estaca.

Novamente, o Mago começou a forte e ofegante respiração. Dessa vez, porém, ao erguer a estaca, seu manto escorregou dos antebraços, e Torak viu sua mão com três dedos e sua tatuagem do Clã do Carvalho. A pele era marcada com raivosas cascas de feridas. Torak pensou em Bale, arranhando seu agressor, enquanto lutava pela vida. Suas almas endureceram. Estava na hora de cumprir a sua promessa.

Enxugando as palmas nas perneiras, ele encaixou a flecha no arco. Sairia de trás da árvore, ficaria totalmente à vista. Gritaria o desafio, dando a chance de Thiazzi pegar suas armas. Então...

O Devorador de Almas levou sua carga esvoaçante para o fogo, enfiou a estaca e se afastou.

Torak não conseguiu aguentar. Mirou e disparou. O falcão caiu morto, a flecha atravessando seu peito.

Lentamente, o Mago tirou a máscara e a colocou no chão. Virou-se e, finalmente, Torak o viu. O comprido cabelo ruivo, a barba cerrada. O rosto era duro como a terra crestada pelo sol. Os cruéis olhos verdes.

– Pois é, Espírito Errante. Você obedeceu ao meu chamado.

Torak saiu de trás da árvore.

– Pegue suas armas, Thiazzi. Você matou meu parente. Agora vou matá-lo.

DEZOITO

Torak encarava Thiazzi a dez passos do outro lado da fumaça flutuante.

— Desta vez, não vai escapar de mim — disse ele, encaixando outra flecha em seu arco.

O Mago Carvalho jogou a cabeça para trás e gargalhou.

— *Eu*, escapar de *você*? Você está aqui porque eu o quero aqui! — Jogando a juba para trás dos ombros, ele brandiu um chicote com uma das mãos e um machado com a outra. A chibata estava enrolada como uma cobra. O machado era o maior que Torak já vira.

— Fiquei imaginando quem ousaria me seguir a partir das ilhas — disse Thiazzi, fatiando o ar com habilidosas torções do pulso —, e resolvi enviar meus subordinados para verificarem. Desde que você entrou na minha Floresta, eu soube de cada passo seu, de cada respiração. Agora, acabou-se.

— Não vai ser tão fácil assim — disse Torak, contornando de lado a fogueira. — Eu poderia tê-lo matado no Distante Norte. Lembra-se?

O chicote estalou, arrancando o arco de Torak de sua mão.

— Meu poder é maior do que o seu! — vociferou Thiazzi, ao jogar o arco nas chamas. — Veja, até o fogo me obedece!

A fumaça atravessou flutuante a vista de Torak. Quando ela se dissipou, Thiazzi estava a não mais do que dois passos dele.

— Mas, já que o Espírito do Mundo entregou você em minhas mãos — prosseguiu o Mago Carvalho —, acrescentarei seu poder ao meu.

Arrancando a machadinha de seu cinto, Torak colocou mais uma vez a fogueira entre eles.

— Como o Espírito do Mundo pode estar a seu lado? Matar caçadores? Como isso pode agradar ao Espírito?

— Oferecer um caçador à fogueira é lhe dar a mais nobre de todas as mortes. Esse é o Caminho.

Novamente o chicote estalou, Torak esquivou-se e o couro cru atingiu uma pedra.

— Não é o "Caminho" do clã — ofegou ele —, e a Floresta não é sua.

— Eu sou o Amo! — trovejou Thiazzi. — Tomei para mim a Floresta Profunda! — Voou espuma de seus lábios, e seus olhos verdes brilharam.

Enquanto Torak o observava, tudo começou a se encaixar.

— A guerra entre os clãs. Você a começou. Colocou um contra outro.

Os dentes amarelos reluziram no meio da barba ruiva.

— Você plantou as estacas de maldição — disse Torak, recuando, quase perdendo o equilíbrio. — Você matou o Mago Cavalo da Floresta e pôs a culpa nos Auroques. Você os fez lutar.

— Eles queriam lutar. Eles *precisavam* lutar!

O chicote beliscou o pulso de Torak e, com um grito, ele largou a machadinha. Mergulhou atrás dela, porém Thiazzi foi mais rápido, apanhando-a e jogando-a na fogueira.

— Os clãs são *fracos* — rosnou ele. — Esqueceram o Caminho Verdadeiro, mas *eu* os unirei. Foi por isso que o Espírito do Mundo me deu esta terra: para erradicar nossas diferenças, para os clãs retornarem ao Caminho! Chega de guardiães de clãs, chega de Magos de clãs. Um Caminho. Uma Floresta. Um Líder!

Enxugando o suor dos olhos, Torak puxou sua faca da bainha.

Novamente, brilhou o sorriso amarelado de Thiazzi. Apontou para o visco em seu peito.

— O coração imortal do carvalho me protege de todo o mal! Sou invencível!

A faca de Torak tremeu em sua mão.

— Mas venha — escarneceu o Mago Carvalho —, tente sua sorte. Vejamos se é capaz de me abater. Ou devo abater você, de um modo tão fácil quanto abati sua mãe e seu pai?

A névoa vermelha baixou. Torak o enxergava através de uma neblina de sangue.

— ... Assim como abati seu parente — vangloriou-se o Mago Carvalho. — Como o joguei do Penhasco e espalhei seus miolos pelas pedras...

Torak rosnou e arremessou-se contra Thiazzi.

Lobo espreitava os não auroques em direção contrária ao vento, o que normalmente ele nunca faria. Mas, dessa vez, ele *queria* que o farejassem.

Uma vaca sentiu seu cheiro e virou-se. Lobo baixou a cabeça para lhe dizer que estava caçando. A fêmea bufou nervosamente e pateou a terra. Lobo avançou. Ela atacou. Lobo desviou-se dela agilmente e saiu correndo para atormentar um touro. O touro o rodeou. Lobo saltou para se livrar de seus chifres por um triz e se afastou. Ele estava adorando aquilo.

Agora a manada toda estava aflita. Parou de mastigar epilóbio e passou a subir com dificuldade a encosta. Lobo espreitava atrás de um grupo de vacas jovens que bufavam e exibiam os brancos de seus olhos. Escolheu a mais nervosa e abocanhou uma junta. A vaca guinchou, sacudiu a cauda e correu. Em pânico, o resto da manada foi atrás.

Foram cume acima, com Lobo correndo atrás deles, saltando de um lado para outro para que eles pensassem que estavam sendo caçados por muitos lobos famintos. Pedras caíam e galhos estalavam, enquanto estrondeavam no vale seguinte, descendo na direção de Alto Sem-Rabo e do Mordido.

A terra tremia, enquanto Lobo os conduzia, e seu coração dava saltos. *Aquilo* era o que um lobo podia fazer!

DEZENOVE

A princípio, Torak pensou que fosse uma avalanche.

A terra tremia como se as Montanhas estivessem caindo. Ele congelou, a faca na mão. O estrondo aumentou para um rugido. Um bisão irrompeu no bosque. Torak correu para salvar sua vida.

Alcançou os azevinhos, pulou para o galho mais próximo, balançou-se e subiu mais ainda – ao mesmo tempo que o bosque era engolido pela ondulante torrente de cascos e chifres.

Como numa repentina inundação, os bisões varriam tudo, enquanto Torak permanecia agarrado à árvore tremulante. O ruído contínuo martelava seu corpo. Parecia que não terminaria nunca.

Terminou. O silêncio após tudo ter acabado era ensurdecedor. Um manto de fumaça e pó pairava no ar, com o cheiro almiscarado dos bisões. O Grande Carvalho e o Grande Teixo se elevavam acima dele: invioláveis, seus galhos perfurando o céu noturno.

Quando a poeira assentou, Torak viu faíscas da fogueira pisoteada como estrelas espalhadas pelo chão. Thiazzi tinha sumido.

Incrédulo, Torak cambaleou em meio à escuridão, procurando-o pelas encostas pedregosas. Nada. Os cascos martelantes haviam apagado qualquer esperança de uma trilha. Thiazzi tinha sumido como fumaça.

— *Não!* — gritou Torak. Os ruídos cessaram. Seixos caíram como o matraquear de uma gargalhada pedregosa.

Ele desabou sobre uma pedra. Perdera sua chance de vingança.

Com um pulo, Lobo saiu da escuridão e lançou-se alegremente sobre ele. Seu pelo estava arrepiado e afofado por causa da excitação. Torak não fazia ideia do porquê.

Muitas presas, disse Torak a Lobo, exausto. *Quase pisoteado. Ainda bem que você não estava.*

Para surpresa de Torak, Lobo baixou as orelhas, deu um bocejo constrangido e rolou de costas, se desculpando.

Torak lhe perguntou se o Mordido estava por perto.

Sumiu, foi tudo o que Lobo disse.

Torak esfregou a mão em seu rosto. Nada conseguiu. A única coisa a fazer agora era percorrer o longo estirão de volta ao acampamento dos Veados-Vermelhos e tentar convencê-los de que o Mago Cavalo da Floresta era mesmo Thiazzi. E começar tudo novamente.

Uma grande exaustão o dominou. Sentia falta de Renn. Ela devia estar furiosa por ele tê-la deixado para trás; mas, fosse o que fosse que ela lhe dissesse, não poderia ser tão ruim quanto o que ele dizia a si mesmo.

Quando a lua desceu abaixo da linha do horizonte, ele alcançou o fim do vale dos cavalos e não conseguiu ir mais adiante. Encontrou uma árvore caída alguns passos acima do Rio Sinuoso e a transformou em abrigo inadequado com galhos e samambaias bolorentas. Tinha deixado seu saco de dormir com os Veados-Vermelhos, mas estava cansado demais para ligar para isso; arrastaria mais samambaias para o leito. Após mastigar uma tira de carne seca de cavalo e enfiar o resto num pé de vidoeiro para a Floresta, ele envolveu-se no seu manto de fibra de urtiga e caiu no sono.

Dessa vez, Torak sabe que está sonhando. Está deitado de costas, no abrigo, mas acima dele o céu é uma nevasca de estrelas. Sua frio de terror, mas não consegue se mexer. Uma sombra escurece as estrelas, quando alguém se curva sobre ele. Cabelos molhados deslizam pelo seu rosto. Ouve o suave rangido de couro de foca apodrecendo. Sua pele se arrepia com o bafo gelado.

Estou sozinho no fundo do Mar... Peixes comem minha carne. A Mãe Mar agita meus ossos. É frio. Tão frio.

Torak tenta falar. Seus lábios não se mexem.

Por que não voltou para mim no Penhasco? Fiquei tão solitário, esperando você. Sinto-me mais solitário agora. E com tanto frio...

Torak acordou com um sobressalto.

Ainda não amanhecera. Ele não tinha dormido muito. Lobo havia sumido, mas Rip e Rek saltitavam de um lado a outro do abrigo, gralhando. *Acorde, acorde!*

Torak esfregou os olhos com as palmas das mãos.

— Sinto muito, parente. Perdi a chance. Mas voltarei a encontrá-lo, juro. Eu vingarei você.

Os corvos zelariam por Alto Sem-Rabo, e Lobo não iria longe. Mas ele não podia ignorar aqueles uivos.

Lobo os ouvira em seu sonho. Pelo-Escuro tinha descido da Montanha, tentava encontrá-lo! Então ele acordou e a frustração o abateu. Ela estava no *outro* Agora, e não neste.

Mas ele a ouvira novamente. Muito fracamente e distante, mas era ela. Ele reconheceria seu uivo em qualquer lugar.

Ofegando com ansiedade, ele trotou pela Floresta. Quando a Luz chegou, ele saltou sobre um pequeno Molhado Ligeiro e chapinhou através de um maior. Alto Sem-Rabo devia estar bem com os corvos. E Lobo não se ausentaria por muito tempo.

Os corvos voavam de árvore em árvore, afofando as penas da cabeça e fazendo chuk-chuk, inexpressivos sinais de alerta.

Alerta contra o quê?, perguntou-se Torak.

Rompia a alvorada quando ele deixou o Rio Sinuoso e seguiu para o norte, em direção ao acampamento Veado-Vermelho. O vento aumentava, as árvores gemiam. Sua apreensão crescia: uma pressão no peito que tornava difícil respirar.

Outros também sentiam isso. Pássaros fugiam pelo céu – gaios, pegas, corvos. Uma rena passou a meio galope, mal se desviando para evitá-lo, como se estivesse fugindo de uma ameaça maior. Torak pensou em Renn e apressou o passo.

Adiante, emergiu uma figura de trás de uma sorveira, e ele reconheceu a mulher Veado-Vermelho com a cabeça envolta em casca de árvore. Ela tremeu, então superou o acanhamento e correu para ele.

– Finalmente! – disse ela, com um tímido sorriso. – Estivemos à sua procura por toda a parte!

– O que houve? – perguntou ele bruscamente. – Renn está bem?

– Ela está em segurança com os outros, era com você que estávamos preocupados. Não sabíamos aonde tinha ido.

Seguiram trilha acima, a mulher vagarosamente atrás, Torak correndo à frente. Ele ouviu o distante rugido de um trovão. As primeiras gotas de chuva tamborilaram nas folhas, e ele levantou seu capuz. Algo agarrou seu tornozelo e o puxou bem para o alto.

A terra girou enjoativamente. Quando a tontura passou, ele percebeu que estava pendurado por uma perna num jovem pé de sorva – o qual, momentos antes, estivera curvado até o chão.

Seu idiota, repreendeu-se severamente. Uma simples armadilha, e você tolamente vai direto para ela!

Sua faca não estava na bainha. Jazia onde havia caído, numa moita de anserina, fora de alcance. Furioso, gritou para a mulher que o tirasse dali.

Ela chegou correndo à trilha.

— Você caiu numa armadilha — disse ela.

— É óbvio — vociferou ele. — Corte a corda para eu sair daqui!

Os braços dela continuaram parados dos lados.

Teria seu juízo sumido por completo? Rugindo de frustração, Torak fez uma tentativa de agarrar a corda, que estava bem presa em volta de seu tornozelo esquerdo. Caiu de volta com um grunhido.

— *Corte a corda!*

— Não — disse a mulher.

— O *quê?* — A corda rangia. A chuva tamborilava nas folhas.

Só que não era chuva, ele se deu conta. Eram cinzas. Lascas de cinzas, redemoinhando como neve suja. E aquele brilho no céu estava no lugar errado para um amanhecer. Não estava no leste, mas no oeste.

— Fogo — disse ele. — Há um incêndio na Floresta.

— Sim — confirmou a mulher, com a voz alterada.

De cabeça para baixo, Torak viu-a tirar a casca de árvore que cobria sua cabeça e sacudir seus longos cabelos cor de cinza.

— O fogo escapou! — disse ela. — Está devorando a Floresta. A Escolhida o libertou.

VINTE

Como um peixe num anzol, Torak balançava na árvore, enquanto o céu escurecia para um furioso crepúsculo laranja que nada tinha a ver com o sol.

– Não pode me deixar aqui para queimar! – gritou ele.

– Você é um incrédulo – afirmou a mulher. – Deve ir para o fogo.

– Por quê? O que foi que eu fiz? – Dobrando-se em dois e erguendo-se para a corda, ele conseguiu agarrar o galho mais próximo. Este quebrou-se. Ele caiu para trás, ralando a perna. – O que foi que eu *fiz*?

Agachando-se, a mulher olhou para ele. Seu rosto estava empolado e descascando, e, em seus olhos sem cílios, Torak viu a astúcia por trás da loucura.

– A Escolhida o observa – sibilou ela. – Ela o vê acordar o fogo com pedras, ela o vê desonrá-lo. Ela sabe.

– O que você *quer*?

Ela umedeceu os lábios rachados e ele viu cinzas formando crostas nos cantos.

– Servir o Amo e, por meio dele, conhecer o fogo mais uma vez. O vermelho tão puro que torna tudo o mais cinzento...

– Mas o Amo quer *governar* a Floresta – arquejou Torak. – Ele quer destruí-la!

Ela sorriu.

– O Amo diz para ter cuidado com o incrédulo, mas a Escolhida fará mais. Ela o dará ao fogo.

– Espere – pediu ele, desesperado para mantê-la ali junto. – Foi... Foi o Amo quem fez de você a Escolhida?

Suas feições se iluminaram como brasas.

– Foi o fogo – sussurrou ela. – Num claro dia azul, o relâmpago a procurou lá do céu. Sem estrondo, sem aviso. Apenas aquele brilho resplandecente, mais brilhante do que o sol... e ela bem em seu coração. – Inclinou-se para mais perto e ele sentiu o cheiro de seu hálito azedo. – Naquele momento, ela *vê* tudo. Os ossos na carne dela, as veias nas folhas, o fogo que dorme em cada árvore. Ela vê a verdade. *Tudo queima.*

O rugido do incêndio ficava mais alto. A fumaça penetrava por entre as árvores.

– Mas você sobreviveu – disse ele. – O relâmpago deixou você viver. Você devia me deixar viver. Corte a corda!

Ela estava, obviamente, perdida em sua história.

– O fogo tomou-a para si. Queimou seu cabelo até virar cinza. Chamuscou a criança em seu ventre. Ele a *transformou*... – Seus dedos queimados alisaram a face dele, e seu sorriso era terno e impiedoso. – Ele também transformará você.

Torak lembrou-se dos sacrifícios chamuscados de Thiazzi na árvore.

– Não pode me deixar aqui para queimar – implorou.

– Ouça-o crescer! – Com os braços erguidos, ela saudou o fogo. – Quanto mais ele come, maior é sua fome! Você terá uma honra. O fogo pegará você para ele. – Então ela sumiu.

— Não me deixe! — berrou Torak. — Não me deixe — implorou.

Um pedaço de casca de árvore em chamas caiu no chão perto de sua cabeça. À sua volta, as árvores agitavam-se diante do bafo cauterizante do fogo. O céu escurecera para um âmbar sanguíneo. No oeste, viu-o vindo para ele. Lembrou-se do que Fin-Kedinn dissera. *Ele é capaz de saltar para uma árvore mais depressa do que um lince, e, quando faz isso... quando chega aos galhos... vai aonde quiser. Vocês não acreditariam com que velocidade...*

A Besta Brilhante vinha rugindo pela Floresta, mais depressa do que Lobo pensava ser possível. Ela comia tudo: árvores, caçadores, presas. Onde estava Alto Sem-Rabo?

Lobo não devia tê-lo deixado. Não encontrara Pelo-Escuro e agora não conseguia encontrar seu irmão de alcateia.

Desesperadamente, Lobo trotou no bafo amargo da Besta Brilhante. As presas em pânico passavam em disparada, fugindo na outra direção, e ele se desviava de seus cascos esmagadores. Chapinhou através de um pequeno Molhado Ligeiro. Deslizou para uma vala — e a Besta Brilhante empinou-se acima dele, grande como uma Montanha. Seu pelo encrespou, seus olhos arderam. Não conseguia ir mais adiante, não conseguia procurar seu irmão de alcateia nas próprias mandíbulas dela. Ela devorava tudo, e, se o apanhasse, também o devoraria.

Girando, Lobo correu de volta pela vala, e a Besta Brilhante correu atrás dele. Ela lançou uma garra resplandecente. Ele saltou para evitá-la. Ela se lançou contra uma árvore e a comeu. Outro rebento gemeu — Lobo passou correndo por baixo dele pouco antes de desabar — e os filhotes da Besta Brilhante voaram pelos ares e devoraram mais árvores.

Pedras quentes mordiam as patas de Lobo, e ele corria como nunca havia feito antes, e a Besta Brilhante corria atrás dele. Ela voava, saltava de árvore em árvore, erguia-se por cima do Molhado. Estava comendo a Floresta. Nada conseguia escapar.

Rosnando por causa do esforço, Torak impeliu o corpo para cima e fez outra tentativa de pegar a sorveira. Seus dedos roçaram a casca, mas não conseguiram agarrá-la. E, mais uma vez, ele caiu para trás.

Fez outra tentativa. Dessa vez, pegou um galho. Agarrou-se a ele. Aquilo tinha de funcionar. Caso contrário, estaria acabado.

Sacudindo fora a bota do pé solto, bateu a sola nua contra o tronco da sorveira, e meio que chutou e meio que se ergueu para o meio da forquilha. Parou ofegante, a árvore quase furando sua barriga. Estava na posição vertical finalmente.

Não havia tempo para descansar. Torceu-se e contorceu-se até ficar agachado na forquilha, apoiado no pé direito. A perna esquerda, presa mais acima do tronco, salientava-se desajeitadamente.

Pedaços de cascas em chamas caíam como granizo ardente, enquanto ele puxava com força o laço em volta de seu tornozelo; mas seu peso o tinha puxado e apertado fortemente em volta da bota, e ele não cedia. Freneticamente, Torak agia no nó. Sua panturrilha direita tremia com o esforço de ter de sustentá-lo.

O laço cedeu ligeiramente. Ele continuou tentando. Cedeu um pouco mais. Era tudo de que Torak precisava. Torcendo-se, deu um puxão com o pé, soltando-o da bota, livrou-se do laço e saltou para o chão.

Após uma procura desesperada pela vegetação rasteira, ele encontrou a faca e, cambaleante, pôs-se de pé. Seus olhos lacrimejavam, sua pele formigava por causa do calor. A fumaça transformara o dia em noite.

Um corço passou correndo. Torak adivinhou que ele estaria seguindo para terras úmidas e correu atrás do animal. Brasas ferroavam seus pés. Estava descalço. Não havia tempo de voltar para pegar as botas.

Enquanto corria, olhava por cima do ombro. Chamas mais altas do que árvores lambiam o céu. O barulho era algo como ele nunca tinha ouvido: era o estrondo de milhares e milhares de bisões, e isso agarrava seu coração e o espremia até secá-lo, sugava o ar de seus pulmões.

Torak se agachou, e engoliu ar mais puro e, quando se levantou, a fumaça era tão espessa que ele não conseguia ver a própria mão diante do rosto. Não conseguia ver onde estava, mas sabia que precisava decidir agora, naquele instante, para onde correr – ou morreria.

Um alto grasnido!

Não conseguia ver os corvos, mas ouviu-os chamá-lo enquanto voavam alto, acima da fumaça. Às cegas, ele seguiu seus gritos. Choviam galhos em chamas. Ele corria no próprio limite do fogo e, por toda a sua volta, árvores estalavam e gemiam.

Novamente, olhou para trás. Um rio de chamas deslizava acima de um pinheiro, que explodiu numa chuva de faíscas. Um tetraz voou para o céu, depois caiu novamente, sugado para a morte pelo vento escaldante.

Quork! Quork!, chamaram Rip e Rek. *Siga!*

De repente, o chão sumiu e Torak rolava e quicava colina abaixo.

Deu um solavanco para parar e pelejou para se ajoelhar. Mãos e pés mergulharam na lama: fria, molhada, bendita lama. Os corvos o tinham conduzido a um lago. Torak chapinhou para o raso – e caiu de ponta-cabeça sobre uma pedra.

A pedra soltou um comovente relincho. Era um potro, um pequeno potro preto, afundado na lama até suas nodosas juntas, tremendo de terror. Estava apavorado demais para se mexer, mas Torak não podia parar para ajudar. Passou vadeando.

Adiante dele, a escuridão diminuiu por um momento, e, no lago, ele distinguiu as flutuantes cabeças negras de cavalos nadando para salvar suas vidas, e, mais além deles, uma toca de castor tão grande quanto um abrigo Corvo.

Outro relincho aflito do potro – e, no lago, uma das cabeças pretas se virou. A mãe devia ter esperado o máximo que pôde, mas, quando seu filhote não a seguiu, ela teve de ir em frente. Agora, ela nadava relutantemente com a manada, forçada a deixar sua cria à própria sorte.

Isto era o que Torak deveria fazer: nadar para a toca de castor e deixar o potro morrer queimado.

Com um grunhido, ele voltou, agarrou um punhado de sua crina pontuda e puxou.

O potro rolou os olhos orlados de branco e recusou-se a se mexer.

– Vamos com *isso!* – berrou Torak. – *Nade!* É sua última chance! – Isso só fez piorar as coisas. O potro não entendia fala de gente, mas o que Torak deveria fazer? Se dissesse aquilo em fala de lobo, ele morreria de medo.

Indo para trás do pequeno animal, ele enfiou a cabeça por baixo de sua barriga e a levantou com os ombros. O animal mal se esforçava, então Torak agarrou suas pernas, para mantê-las imóveis, e cambaleou para dentro do lago.

Quando estava com água pela cintura, largou o animal na água.

– Você agora está por conta própria! – gritou acima da zoada do fogo. – Nade! – Jogou-se à frente e partiu para a toca de castor.

A alma-nome do fogo olhou para ele, da água. Por cima do ombro, viu-a reivindicar a encosta pela qual ele havia caído. Viu o potro nadando corajosamente atrás dele.

Estava perto da toca de castor, e cansando depressa. Grandes ondas de fumaça negra flutuaram em sua direção. Não conseguia respirar. Ele pretendia subir até a toca e se abrigar por ali até o fogo ter pulado o lago, mas agora se deu conta de que, se fizesse isso, sufocaria até a morte. Teria de entrar. Tocas de castores têm um quarto de dormir acima do nível da água, que os castores alcançam por túneis subaquáticos. Torak inspirou fundo e mergulhou.

Tateando nos galhos, procurou a boca de um túnel. Seu peito estava estourando. Não conseguia encontrar um túnel, não conseguia enxergar nada, era como nadar em lama.

Encontrou uma abertura. Espremeu-se por ela – irrompeu da água – e bateu a cabeça num rebento.

Mal podia enxergar na escuridão vermelha, mas o rugido do fogo não era mais tão ensurdecedor. Em meio ao mau cheiro da fumaça, ele captou o fedor almiscarado de castor, mas não conseguiu ver nenhum; talvez o fogo os tivesse alcançado na margem.

Eles haviam construído muito bem sua toca. A plataforma de dormir estava entulhada com lascas de madeira para mantê-la agasalhada e seca, enquanto, acima, os galhos estavam frouxamente acondicionados para formar uma passagem de vento que alcançava o topo da toca. A plataforma de dormir tinha apenas a altura de um castor, e Torak não queria ficar entalado, portanto decidiu permanecer na água e esperar o fogo passar.

Respirando com dificuldade, ele agradeceu aos castores, a Rip e Rek e à Floresta pelo seu abrigo.

– Por favor – ofegou –, *por favor*, mantenha Lobo e Renn em segurança.

Suas palavras se perderam no rugido do fogo, e ele sentiu no coração que era inútil. O fogo devorava a Floresta. Nada seria capaz de sobreviver.

Nem Lobo. Nem Renn.

VINTE E UM

Renn deparou-se com um mundo preto de queimado.
A Floresta sumira. Simplesmente não estava mais ali. Renn perambulou entre espigas carbonizadas que outrora tinham sido árvores. Sentiu suas almas desnorteadas apinhando o ar repleto de fuligem, mas também se encontrava muito devastada para sentir pena delas. Até mesmo o sol tinha ido embora, engolido por uma sinistra meia-luz cinzenta. O fogo tomara a Floresta toda? A Floresta Aberta e também a Profunda?

O fedor fez com que ela tossisse, e o som ecoou lugubremente. Quando parava, tudo que conseguia ouvir era um furtivo crepitar de brasas, o estrondo ocasional de uma árvore que caía.

Morte, pensou ela, morte por toda a parte. Onde está Torak? Estará vivo? Ou ele está...

Não. Não pense nisso. Ele está com Lobo. Os dois estão vivos, e também Fin-Kedinn e Rip e Rek.

Ao esfregar o rosto, percebeu a arenosidade da fuligem. Ela estava coberta daquilo. Sentia seu gosto na língua. Seus olhos se achavam inchados e doloridos. Engolira tanta fumaça que se sentia enjoada.

Também estava com sede, mas não tinha pele de água. Somente a machadinha e a faca e a aljava de talo entrelaçado, que ganhara dos Veados-Vermelhos, contendo suas últimas três flechas. E, é claro, seu arco.

Para lhe dar coragem, ela o tirou do ombro e esfregou a sujeira que havia em sua parte central. O cerne dourado reluziu, ela pensou em Fin-Kedinn fazendo-o para ela muitos verões atrás, e sentiu-se um pouco menos solitária.

Sua sede, porém, tornava-se premente, e já fazia muito tempo que ela havia deixado o lago. Não tinha ideia de que lado viera. Onde ela *estava*?

Não deveria ter fugido dos Veados-Vermelhos.

Durrain sentira o fogo praticamente antes das presas, e o clã inteiro tinha ido para o lago, à procura de refúgio nas canoas que haviam atracado na ilhota do meio. Ali, Renn fizera o mesmo que eles, molhara sua capa e se aconchegara embaixo dela.

Não sentira medo, não naquela ocasião. Estava zangada demais com Torak por ele tê-la deixado. Um dia inteiro de paciente interrogatório. *Aonde ele foi? Não sei. Aonde ele foi?* Ela ficara surpresa por não terem adivinhado, mas talvez pensassem que era impossível que alguém tivesse coragem de se aventurar sozinho no bosque sagrado. Teria sido bem feito para ele, pensou furiosamente, se ela o *tivesse* traído.

Mas, enquanto permanecia na escuridão estremecedora com o fogo rugindo na direção deles, ela esqueceu sua raiva. Uma criança soluçou. Uma mulher sussurrou um encanto. Renn fechou os olhos e rezou por Torak e por Lobo. Por favor, por favor, deixe-os viver.

Então algo irrompeu sobre eles, a canoa balançou violentamente e as pessoas entoaram preces.

Demorou algum tempo para Renn se dar conta de que o fogo havia saltado o lago e continuado sua ação sem tê-los devorado. Em seguida, o Espírito do Mundo tinha lancetado as nuvens e despejado uma torrente de chuva e, na confusão, ela pulou da canoa e saiu nadando.

Ela *achava* que tinha seguido para o sul, mas, em meio à fumaça e à chuva, era difícil de dizer. Agora, enquanto a brisa clareava a névoa, percebeu que se encontrava numa vala estreita onde outrora correra um córrego. Talvez aquilo levasse a um rio.

Renn não tinha ido muito longe quando um galho desabou atrás dela. Virou-se. As árvores mortas pareciam caçadores espreitando-a.

Uma delas se mexeu.

Ela correu, tropeçando vala abaixo. Correu até ser forçada a parar, mãos sobre os joelhos, ofegando.

Em volta dela, a vala estava silenciosa. O que quer que tenha se mexido não foi atrás dela. Talvez, afinal de contas, tivesse sido mesmo uma árvore.

Cambaleou entre as espigas fumegantes. Mais além de um aguilhão, ela avistou verde. Piscou os olhos. Sim, *verde!*

Gemendo, Renn contornou o aguilhão – e o verde da Floresta a ofuscou. Sorveiras e faias e pereiras erguiam-se diante dela, seus galhos com um pouco de fuligem, mas vivos.

Arfando de alívio, ela caiu de joelhos entre fetos e celidônias. Perto de sua mão, um fragmento azul-celeste de casca de ovo de tordo, caído do ninho ao ser chocado. Num toco, avistou um rebento de abeto tão alto quanto seu polegar, empurrando-se bravamente através do musgo. Ela pensou: a Floresta é eterna. Nada é capaz de conquistá-la.

Não havia, porém, sinal de um rio. Concentrada para ouvir sons de água, ela perambulou por entre as árvores.

Finalmente, foi detida por um bosque de pinheiros altos que tinham sido derrubados por uma tempestade. Troncos mortos e raízes cheias de terra bloqueavam seu caminho numa confusa massa entrelaçada. Deveria voltar, pois é o que se faz quando se está perdido. Mas Renn não conseguiria enfrentar um retorno a terra devastada.

Os pinheiros não a queriam em seu cemitério. Seus troncos musgosos tentaram expulsá-la, seus galhos salientando-se como lança. Foi um alívio chegar ao outro lado, de volta a carvalhos e limoeiros vivos.

Mas essas árvores também não a queriam. Rostos de cascas sulcadas a encaravam, e dedos de gravetos puxavam seus cabelos. Alguns dos troncos eram ocos. Ela pensou como seria ficar presa dentro de um deles e apressou o passo.

O vento ficou mais forte, soprando fuligem em seu rosto. Ela engasgou e continuou tossindo, curvada, apoiada numa árvore.

Debaixo de seus dedos, sentiu olhos.

Com um grito, afastou a mão com um puxão.

Sim, olhos. Um feroz olhar vermelho tinha sido esculpido no tronco, e uma boca retangular, margeada com dentes humanos verdadeiros.

Renn nunca vira tal coisa. Supôs que tivesse sido feita para dar voz ao espírito da árvore. Mas quem daria dentes a uma árvore?

Cautelosamente, ela vasculhou o seu entorno. Limoeiros, urtiga, pedras grandes dispersas.

Foi em frente.

Quando olhou para trás, as árvores tinham se mexido. Estavam muito mais perto daquela pedra, tinha certeza. Agora, estavam mais espalhadas.

Começou a correr.

Uma raiz a fez tropeçar e ela caiu – e ficou cara a cara com outra máscara de tronco, seus olhos bem fechados no rosto coberto de líquen.

Ofegando, pôs-se de pé.

Os olhos se abriram. Membros de casca se separaram do tronco. Mãos de casca tentaram alcançá-la.

Choramingando, ela fugiu.

À sua esquerda, outra criatura de casca de árvore se separou de um tronco. Então outra e mais outra. Gente de casca avançou para cercá-la, tentando alcançá-la com mãos sulcadas e rostos inexpressivos, fissurados.

Ao correr, sua machadinha bateu contra a coxa. Arrancou-a do cinto, mas sabia que não teria coragem de usá-la.

Sua respiração raspava na garganta. Com a lentidão de um pesadelo, passou com dificuldade por entre montes de folhas rangentes. Cambaleou encosta abaixo e penetrou em outro cemitério de árvores, por onde seguiu vacilante sobre troncos caídos, enquanto o povo de casca corria ao longo deles como fogo, caçando-a em meio a um lúgubre silêncio.

Alguma coisa a puxou pelo ombro, trazendo-a para trás. Seu arco se prendera num galho. Pelejou para soltá-lo.

Mãos de casca de árvore a agarraram e a arrastaram para baixo.

VINTE E DOIS

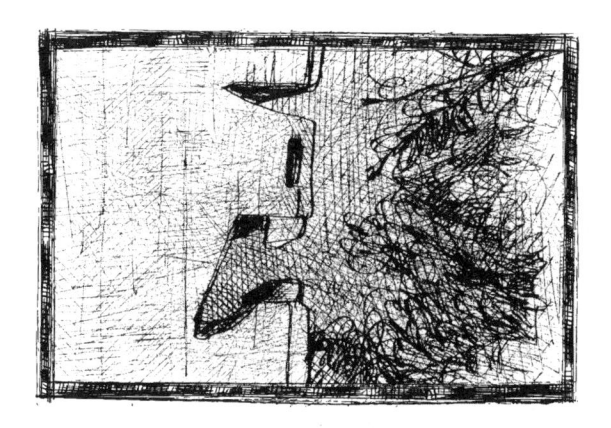

— Aonde estão me levando? – indagou Renn.
Os homens de casca não responderam.
– Por favor. Por que não falam? O que eu fiz?
Um deles cutucou-a com a lança. Ela não esperou que ele fizesse aquilo novamente.

O dia todo, Renn caminhou no meio de uma multidão de caçadores. Eles haviam tomado suas armas, mas não tocaram mais nela depois disso. Pareciam considerá-la impura.

Em vão, ela havia implorado por água. Eles a ignoraram. Ela cambaleava em meio a uma névoa de sede e uma floresta de lanças envenenadas.

Não fazia ideia de onde estava. O grande incêndio não afetara aquela parte da Floresta, mas seu fedor pairava no ar, portanto ela supôs que a terra devastada não se encontrava longe.

Por causa das faixas de cabeça verdes e amuletos de chifres, Renn deduziu que eram Auroques, mas em sua mente eles eram o povo de casca. Suas roupas eram de entrecasca marrom amarelado e rolos de casca de árvores perfuravam os lóbulos de suas orelhas. Os couros cabeludos rapados eram cobertos com argila amarela para parecer casca, e as barbas dos homens eram cheias dela, como se fossem raízes de árvores espalhadas. Mas, ao contrário dos Auroques que ela vira em reuniões de clãs, eles não haviam parado aí. Tinham entalhado a própria carne para parecer casca, desfigurando mãos e rostos com toscas e encrespadas cicatrizes.

Renn sabia um pouco sobre cicatrizes. Algumas pessoas de seu próprio clã, inclusive Fin-Kedinn, exibiam um ziguezague em relevo em cada braço, para afastar demônios. Criá-las era muito doloroso. Após cortar a pele com uma lasca de sílex, esfregava-se uma pasta feita de cinzas e líquen e o ferimento era amarrado bem apertado. Renn pensou em ter seu rosto cortado e sentiu enjoo.

Chegaram a outro riacho e, novamente, ela implorou que lhe permitissem beber. Os caçadores olharam-na, seus olhos indiferentes. *Sem beber.*

A luz esmorecia quando, finalmente, chegaram ao acampamento. A essa altura, ela estava tonta de sede.

O acampamento Auroque ficava numa concavidade protegida por vigilantes abetos. Nódulos de pinheiros em combustão lenta disseminavam uma esfumaçada luz laranja e o cheiro penetrante, de pinicar os olhos, do sangue da árvore. Abrigos de casca de vidoeiro se espalhavam em torno do pinheiro central. Do lado de fora de cada abrigo, havia uma pilha de escudos de madeira, parecendo o ninho de abelhas gigantes, e uma fogueira cercada de pedras. Do tronco do pinheiro, pendia a caveira chifruda de um auroque.

Debaixo dela, um grupo de crianças silenciosas torcia pilhas de raízes socadas de abeto para fazer corda. Todas olharam inexpressivamente para Renn. Assim como os adultos, seus rostos estavam desfigurados com sulcos, muitos ainda com crostas ensanguentadas.

Renn não conseguiu ver ninguém que parecesse um Líder ou um Mago, mas notou que nem todos eram Auroques. Havia outro clã ali. Cabelos negros eram trançados bem apertados, duas tranças para as mulheres, uma para homens, e os rostos não tinham cicatrizes, mas eram pintados de vermelho com entrecasca de pinheirinho. Aliás, tudo era manchado de vermelho: lábios, riscas de cabelo, até mesmo unhas. As mulheres se vestiam de um simples couro de gamo, mas os homens usavam maravilhosos cintos feitos de pelagem preta e dourada. Clã do Lince.

Auroque ou Lince, todos lhe lançavam o mesmo olhar cruel. Eles não sabiam o que era compaixão.

Quando se aproximaram das fogueiras, os captores de Renn se acocoraram diante da fumaça, deixando que esta flutuasse à sua volta. Também empurraram Renn para ela, como se para purificá-la, depois a arrastaram até o pinheiro e a forçaram a se ajoelhar.

Mulheres saíram dos abrigos. Assim como os homens, seus rostos tinham cicatrizes como cascas de árvore, mas os couros cabeludos endurecidos eram cravejados de pequeninos cones de amieiro, e vestiam túnicas e não perneiras.

Uma delas carregava uma pele de água.

– Por favor – murmurou Renn. – Estou com muita sede.

A mulher olhou-a fixamente.

Renn bateu fracamente com os punhos no chão.

– Por favor!

Um velho abaixou-se e a observou atentamente. Era o velho mais feio e mais cabeludo que ela já vira. Embora fosse Auroque, não tinha o couro cabeludo rapado, e sua juba e sua barba eram lambuzadas com barro, que pendia em grumos. Pelos emergiam de seus ouvidos e suas narinas, e as sobrancelhas eram plantas rasteiras emaranhadas que se projetavam sobre as cavernas de seus olhos.

Com um dedo caloso, ele cutucou sua pulseira protetora de diorito.

Ela deu um tranco para trás.

Ele cuspiu de nojo e afastou-se manquejando.

Um homem mais jovem saiu de um abrigo. O rosto era uma teia de cicatrizes.

Renn apontou para a pele de água.

— Por favor — implorou.

Usando a língua de sinais, o homem deu uma ordem, e a mulher colocou a pele de água diante de Renn.

Ela ergueu a pele e bebeu avidamente. Quase que imediatamente cessou o latejar em sua cabeça e a força voltou a inundar seus membros.

— *Obrigada* — disse ela.

Outra mulher trouxe uma grande tigela de casca, que colocou diante dos caçadores. Renn sentiu uma pontada de esperança. A comida cheirava bem. Isso fez os Auroques parecerem um pouco mais humanos.

A mulher serviu um pouco em uma tigela menor e a colocou numa forquilha do pinheiro como uma oferenda. Então serviu outra e a colocou diante de Renn.

Era um apetitoso ensopado de urtigas e lascas de carne, possivelmente de esquilo, e a barriga de Renn roncou.

A mulher levou os dedos à boca e assentiu. *Coma*.

O homem que lhe permitira beber pigarreou.

— Você — disse ele a Renn, numa voz que soava rouca pelo desuso — precisa descansar. E comer.

Renn olhou do homem para a tigela, e de volta para ele.

"*Eles me mandaram descansar*", dissera Gaup. "*Eles me deram comida. Depois cortaram a minha mão.*"

VINTE E TRÊS

O medo é o sentimento mais solitário. Você pode estar no meio de uma multidão, mas, se estiver com medo, estará por conta própria.

Renn sentia-se como uma oferenda sendo preparada para sacrifício. Ao se recusar a comer, foi levada a um tanque para se lavar, enquanto mulheres limpavam com musgo a fuligem de suas roupas. Quando se escondera entre os juncos, ela tinha ocultado a faca feita de dente de castor, amarrando-a na panturrilha, e o apito de osso de tetraz no pescoço; mas, ao lhe devolveram as roupas, suas penas de animal de clã haviam sumido.

De volta ao acampamento, a fome levou a melhor e ela forçou goela abaixo um pouco do ensopado sob os olhares vigilantes de ambos os clãs. Mãos com cicatrizes agitavam-se numa conversa silenciosa, e um jovem com a boca, como uma lasca de sílex, amolava uma machadinha e olhava para os pulsos dela.

O velho cabeludo sentou-se com as pernas cruzadas, para endireitar uma pilha de hastes de flechas. Renn o observou passar cada vareta por um pedaço de galhada com uma ranhura. Seu próprio clã usava aquele método. De vez em quando, ele dava uma palmada numa pata cabeluda com um feixe de urtigas para aliviar o formigamento. Os Corvos mais velhos também faziam isso.

Ela se aproximou dele.

— O que vão fazer comigo? — perguntou, em voz baixa.

Ele olhou-a zangado e curvou-se sobre suas flechas.

Renn perguntou se ele era o Líder do Clã.

Ele sacudiu a cabeça e apontou com uma haste de flecha para o homem que ordenara que lhe dessem água.

— Você é o Mago?

Outra sacudida de cabeça.

— Eu faço os melhores arcos da Floresta Profunda — resmungou ele.

— Não fale com ela — alertou o jovem com a machadinha. E colocou a mão sobre a boca do velho. — Ela me enganou e me fez falar! Ela é uma espiã dos Cavalos da Floresta!

— Eu nem mesmo conheço um Cavalo da Floresta — protestou Renn.

— Nós os *odiamos* — murmurou o jovem.

— Mas por quê? — quis saber Renn. — Todos vocês seguem o Caminho.

— Nós o seguimos melhor — rebateu ele. — Eles usam um arco para acordar o fogo. Nós utilizamos gravetos. Essa é a prova.

— Somente *nós* seguimos o *Verdadeiro* Caminho — disse uma mulher com a cabeça de barro. — É por isso que temos cicatrizes. Para nos castigar por alguma vez ter deixado de segui-lo.

— Todos os outros clãs são maus — declarou o jovem, jogando areia no seu rebolo.

Renn achava que, se conseguisse mantê-los falando, talvez eles não a machucassem. Ela lhe perguntou por quê.

Ele olhou-a fixamente.

– Os clãs da Montanha são maus porque usam pedra para acordar o fogo, adorando o seu espírito. Não *existe* espírito do fogo, existe apenas árvore! Os clãs do Gelo e do Mar são maus porque vivem em terras terríveis que não têm árvores, e acordam fogo falso da gordura de peixes. Vocês, da Floresta Aberta, são piores, pois *conheciam* o Caminho, mas deram as costas para ele.

Uma Auroque lançou-lhe um olhar de censura.

– Não fale com ela, ela é má! Roubou minha criança!

– Não, não roubei – disse Renn.

– Chega de conversa! – ordenou o Líder de Clã Auroque.

Depois disso, fizeram-na agachar-se entre as raízes do pinheiro. Homens a olhavam de cara feia. Uma moça cuspiu em seu rosto. A mão de Renn foi até o apito de osso de tetraz, mas ela percebeu que o jovem a olhava e o enfiou de volta em seu gibão.

O acampamento voltara a ficar silencioso, mas mãos gesticulavam, compondo significados ocultos. Renn pensou no acampamento Corvo, com suas crianças barulhentas e cachorros fuçando atrás de sobras, e Fin-Kedinn contando histórias junto à fogueira. Seu coração apertou-se de saudade. Fin-Kedinn, me ajude. O que eu faço?

Clara e luminosa: ela lembrou-se da manhã gelada, muitos invernos atrás, quando ele a levara à Floresta para que experimentasse seu arco novo. Ela não queria ir. Seu pai acabara de morrer, e as outras crianças a agrediam em grupo; ela queria ficar em seu saco de dormir e nunca sair dali. Mas havia seu tio, aquecendo as mãos no fogo, esperando por ela.

Saía vapor de sua respiração, enquanto caminhavam ruidosamente pela neve. Fin-Kedinn encontrara rastros e lhe mostrara como interpretá-los. "Quando sabem que lobos os caçam, os veados-vermelhos trotam orgulhosamente e levantam bem alto seus cascos.

Vejam como sou forte, dizem aos lobos. *Não me ataque, eu posso reagir!"* Seus olhos azuis encontraram os dela. Ele não se referia apenas aos veados.

Renn agarrou as raízes do pinheiro com ambas as mãos. Fin-Kedinn tinha razão. Ela não ficaria sentada ali mansamente, enquanto outros decidiam seu destino.

— O que estão dizendo sobre mim? — bradou ela numa voz que atravessou todo o acampamento.

Cabeças se viraram. Mãos ficaram paradas.

— Se estão decidindo o que farão comigo, me contem. Ocultar isso de mim... não é justo.

O Líder Auroque levantou-se.

— Os Auroques são sempre justos.

— Então falem para mim — disse Renn.

Pela primeira vez, o Líder Lince falou.

— Quem *é* você?

Ela se pôs de pé.

— Sou Renn, do Clã do Corvo. Sou Maga. — Assim que ela disse isso, percebeu que era verdade.

— Mulheres não podem ser Magos — escarneceu o jovem com a machadinha. — É contra o Caminho. Eu vou lhes mostrar o quanto ela é Maga! — Ele correu para lhe arrancar o apito de osso de tetraz.

— Afaste-se! — alertou ela. — Este é um osso mágico para chamar espíritos! Ninguém, além de mim, deve tocar nele!

Ele recuou, como se ela o tivesse queimado.

Colocando o apito nos lábios, ela soprou.

— Nenhum de vocês consegue ouvir a sua voz — disse ela —, mas eu consigo. Este osso fala apenas com Magos e espíritos.

Agora Renn tinha a atenção de todo o acampamento. Erguendo a cabeça, deu o grito de chamada dos corvos em direção às estrelas. Então levantou os braços e mostrou as tatuagens em ziguezague na parte interna dos pulsos.

— Vejam as marcas que possuo! São relâmpagos: as lanças do Espírito do Mundo, que caça demônios dentro de pedras e acorda o fogo das árvores. O mal deverá cair sobre qualquer um que me fizer mal!

Isso foi uma arrepiante imitação de sua mãe, mas ela não ligou; o que quer que tivesse sido, Seshru fora uma poderosa Maga.

Acima das árvores, ela viu a lua convexa cavalgando bem alto. Ela estivera morta, quando Bale fora assassinado, mas agora a lua estava mais forte. E Renn também.

– Se ela é Maga – disse o Líder Lince –, é uma Maga da Floresta Aberta. O Espírito do Mundo não a quer aqui. É por isso que ele permanece longe.

Houve uma concordância de cabeças e agitar de mãos.

– Ela roubou minha criança – repetiu a mulher Auroque. – Ela o levou para um *tokoroth*!

– Não – exclamou Renn. – Eu caço quem fez isso.

– E quem é esse? – perguntou, desconfiado, o Líder Auroque.

– Thiazzi – respondeu ela. – Thiazzi, o Mago Carvalho.

As pessoas fecharam a cara em descrença, e o velho pareceu decepcionado, como se tivesse pegado Renn mentindo.

– Não sobrou ninguém do Clã do Carvalho – disse ele. – Morreram todos.

– O Devorador de Almas não morreu – afirmou Renn. – Levem-me ao seu Mago e eu lhe darei a prova.

– O nosso Mago fica no abrigo de orações – explicou o Líder Auroque –, ele não recebe forasteiros.

– Se fosse realmente uma Maga – rosnou o jovem –, você saberia disso.

As pessoas concordaram com a cabeça. A multidão se fechou em volta dela. Rostos com cicatrizes olharam-na de soslaio. Mãos vermelhas agarraram lanças envenenadas. Seus joelhos tremeram, mas ela permaneceu firme. Hesitar agora seria fracassar.

Um forte grasnado ecoou pela Floresta.

Todas as cabeças se voltaram para o céu.

Uma sombra atravessou as estrelas – e Rip baixou sobre um galho do pinheiro, seus olhos negros fixados em Renn.

Ela grasnou uma saudação e ele mergulhou e pousou com um ruído surdo em seu ombro. Garras mergulharam em sua parca, penas rijas roçaram sua face. Ela emitiu um ruído gorgolejante e, em resposta, Rip ergueu o bico e abriu as asas pela metade.

As pessoas recuaram, segurando amuletos de animais de clã.

Na beira do acampamento, apareceu um lobo.

O alívio baixou sobre Renn. Se Lobo sobrevivera ao incêndio, talvez Torak também tivesse sobrevivido.

Os olhos cor de âmbar de Lobo percorreram o acampamento, depois voltaram-se para Renn. Os tendões de suas longas pernas estavam tensos. Um sinal de Renn e ele saltaria em sua ajuda.

Ele a ajudara apenas por ter aparecido. Seria perigoso para ele fazer mais alguma coisa.

— Uff — alertou ela.

Ele inclinou a cabeça, intrigado.

— Uff! — disse ela novamente.

Ele deu meia-volta e sumiu entre as árvores.

Os clãs respiraram aliviados. O jovem levantou-se, aturdido, a machadinha pendendo de sua mão.

O velho pigarreou.

— Eu acho — disse ele — que, por enquanto, é melhor não a machucarmos.

Lobo estava amedrontado e confuso. Suas patas doíam por causa da terra quente, e não conseguia encontrar Alto Sem-Rabo porque a Besta Brilhante tinha comido todos os cheiros. E agora a irmã de alcateia havia uivado para ele e depois o mandara embora.

Ele não iria. Ficaria perto do Covil.

Os sem-rabo fediam a medo e ódio. Odiavam a irmã de alcateia, mas estavam com muito medo de machucá-la. Ela também estava apavorada, mas escondia isso extremamente bem. Essa era uma coisa que os sem-rabo faziam muito melhor do que lobos normais.

Não longe do Covil, Lobo encontrou um pequeno Molhado Parado e refrescou suas patas doloridas na lama. Vadeou mais fundo e lavou o fedor da Besta Brilhante de sua pelagem.

Quando voltou ao Covil, farejou uma mudança. Os sem-rabo estavam se preparando para se deslocar. Lobo decidiu segui-los e ficar de olho na irmã de alcateia.

Então talvez Alto Sem-Rabo também viesse.

Dois caçadores Lince correram para o acampamento, ofegantes e suados, e conversaram com os Líderes numa agitada fala de mãos. Renn procurou e fracassou na tentativa de entender o que estava acontecendo.

Lobo tinha sumido, mas os corvos brincavam no pinheiro, penduravam-se pelas garras nos chifres do auroque, depois caíam, quase chegando ao chão, antes de dar a volta voando mais uma vez para os galhos.

O jovem lançou-lhes olhares hostis, mas o velho deu de ombros.

— Eles são corvos, gostam de brincadeiras. E de trapaças.

Renn ficou imaginando se eles se referiam a ela.

— Tome — disse ele —, é melhor guardar isto, embora eu não possa deixá-la ficar com nenhuma flecha.

Para sua surpresa, ele lhe entregou seu arco. Tinha sido limpo e lubrificado, o cordão recentemente encerado.

— Obrigada — disse ela.

Ele resmungou.

— É um bom arco e você cuida dele. Diferentemente de alguns. — Ele estremeceu de compaixão por todos os arcos maltratados. — Mas o cordão está desgastado. Dê-me o sobressalente que eu troco para você.

Renn hesitou.

– Esse já é o sobressalente – mentiu.

Ele olhou-a através do emaranhado de suas sobrancelhas.

Teria ele montado uma armadilha para ela? Ou estava lhe dizendo que usasse o que tinha? Ia perguntar por que ele o devolvera, quando o jovem chegou correndo diante deles.

– Está decidido – disse ao velho. – Vamos levantar acampamento.

– Aonde vamos? – quis saber Renn.

Ele a ignorou, mas o velho lhe deu um olhar pesaroso.

– Sinto muito – murmurou, ao se afastar, coxeando.

Renn mal teve tempo de pendurar o arco no ombro antes de seus pulsos serem amarrados e lhe colocarem uma venda sobre os olhos.

VINTE E QUATRO

Após a escuridão da toca de castor, a claridade ofuscou Torak. Piscando, cuspindo água do lago, ele segurou um galho. Estava cheio de fuligem; sua mão saiu preta. O ar estava enevoado por uma áspera fumaça marrom.

Escalando os galhos empilhados da toca, ele olhou em volta. Vagamente, distinguiu montanhas de carvão encimadas por árvores mortas. Nada mais.

Caiu de joelhos. Renn. Lobo. Como poderiam ter se salvado?

Se houvesse pelo menos uma única ave no céu, ele quebraria a promessa feita ao vento e bancaria o espírito errante para procurá-los. Se tivesse restado uma única árvore viva nas encostas...

Atrás dele, algo espirrou.

O potro estava esparramado sobre suas pernas delgadas. Parecia tão assustado quanto Torak pelo seu espirro.

Delicadamente, ele alisou sua crina e o animal lhe deu uma piscada através de longas pestanas. Torak sentiu uma centelha de esperança. Se a cria conseguira sobreviver ao incêndio, talvez Renn e Lobo também tivessem conseguido.

Falando para o potro a meia-voz, ele desatou seu cinto e laçou o pescoço do animal. Este cambaleou até se pôr de pé e balançar-se. Então baixou a cabeça e tossiu.

Após uma curta peleja, o potro entrou na água e, juntos, os dois partiram para a margem.

Mal tinham chegado ao raso, quando soou um relincho agudo. O potro relinchou em resposta, espantosamente alto, e deu um puxão no couro cru. Torak soltou-o e ele cambaleou na direção de uma forma preta que se movimentava entre as árvores. Mãe e cria se afocinharam; então o potro se enfiou debaixo da barriga dela para mamar.

Torak avistou mais cavalos. A égua líder virou-se e deu-lhe um olhar penetrante – e, naquele momento, ele soube o que fazer.

Agitadamente, apanhou de sua bolsa de remédios o resto da raiz de Saeunn e a enfiou na boca. Se Lobo ou Renn estivessem em alguma parte daquela devastação, quem melhor para senti-los do que uma presa?

Os outros cavalos andavam de lado e agitavam as cabeças, inquietos com a proximidade dele, mas a égua líder não se afastou. Girando as orelhas, ela ouviu seus gemidos ao mesmo tempo que ele era dominado por cãibras. Ela baixou a cabeça e o viu apertar a barriga e cair no chão em meio a uma nuvem de cinzas...

... e, através dos olhos equinos dela, Torak viu um corpo caído ao chão, que se contorcia e espumava pela boca.

Pela primeira vez em sua vida, ele sentiu a incessante vigilância da presa. Girou uma orelha para ouvir o humano agitar-se nas cinzas, e recuou a outra para captar o rinchar de uma égua correndo atrás de sua cria. Um olho vasculhou a praia atrás de caçadores, o outro, a encosta acima, enquanto seu focinho de cavalo lhe informava os movimentos de cada membro da manada.

As almas da égua eram surpreendentemente fortes, mas muito medrosas, e, embora Torak quisesse que ela cavalgasse colina acima, ela se recusou. Era um sábio animal, sabia que era melhor evitar qualquer coisa estranha e, já que *qualquer coisa* era estranha, ela não cedia. Sua a manada tinha enfrentado os terrores do incêndio, e agora eles se encontravam naquela Floresta negra onde não havia pasto e apenas a água cheirava igual, portanto, ela permaneceria perto daquilo.

As almas estranhas em seu tutano, porém, deixavam a égua inquieta. Bufava e revirava os olhos, e a manada fazia o mesmo.

Na batalha de almas, Torak a venceu. Agitando as patas traseiras, ele disparou num meio-galope. Sem muito esforço, suas quatro patas martelavam a terra. Quanto poder, quanta velocidade! Ele sentiu uma onda da selvagem felicidade ao subir a colina, e sua manada ruidosamente atrás dele.

No cume, parou, bufando e ofegando. O vento cinzento brincava em sua crina, refrescando o pescoço suado. Dilatou as narinas para captar os cheiros.

Quase que imediatamente, captou o odor de um lobo.

A égua tremeu, recordando os afiados caninos mordendo seus flancos. Torak forçou-a a ficar onde estava. Então ele ouviu: um uivo longo, oscilante. *Estou procurando você...*

Não era Lobo.

A decepção foi tão grande que ele perdeu o controle do espírito da égua, e ela girou e desembestou colina abaixo. Movimentando-se desajeitadamente pela manada aturdida, ela correu de volta para a segurança da água.

Derrapou e parou em meio a uma nuvem de cinzas. Farejou o bafo de carne de humanos. Farejou que alguns levavam peles de morcego, e outros, as caudas de cavalos. Ficou assustada, mas não amedrontada. De todos os caçadores que havia na Floresta, as pessoas nunca a ameaçaram.

Foi Torak quem sentiu medo. Viu seu corpo humano caído indefeso no chão. Os caçadores também viram.

Ele os viu pisar ruidosamente a terra quebradiça em direção a ele, seus rostos tatuados impiedosos. Viu um caçador Cavalo da Floresta cutucar seu corpo com a parte de trás de sua lança. Outro chutou-o nas costelas. Vagamente, ele sentiu o chute.

Agora se juntavam em volta dele, chutando, batendo. Com um tranco, ele estava de volta a seu corpo, e a dor irrompeu dentro dele. Gemeu. Algo golpeou sua cabeça.

No último vislumbre de consciência, ele enviou um uivo silencioso para Lobo. *Sinto muito, irmão de alcateia, não consegui encontrá-lo.*

Sinto muito, Renn.

VINTE E CINCO

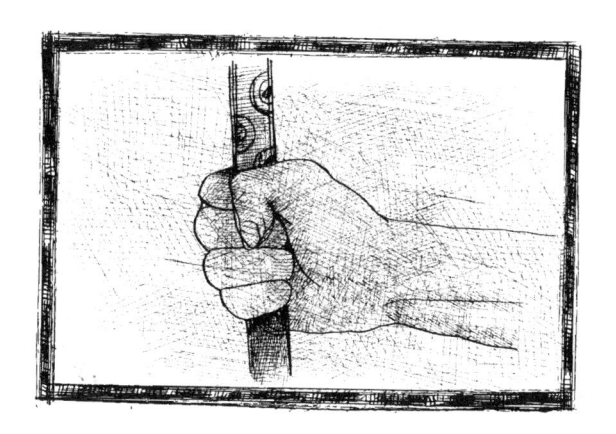

Renn foi empurrada e arrastada até perder a noção do tempo. Algumas vezes eles a carregaram; outra vezes, jogaram-na em uma canoa de um só tronco. Uma vez lhe deram comida e água.

Ela sentiu cheiro de corpos queimados, e soube que tinham entrado na terra devastada. Esta parecia interminável, mas, finalmente, estavam de volta para o meio de corujas pipilantes e folhas farfalhantes.

Subitamente, seus punhos foram amarrados, a venda arrancada, e ela ficou parada, piscando diante da luz de uma fogueira.

Era noite. Ela viu tochas estaqueadas num enorme círculo. Sentiu cheiro forte de pinheiro, o murmúrio de um rio. Os Auroques e os Linces tinham montado seu acampamento de um lado do anel de fogo. Em seu centro erguia-se uma árvore encarnada. Raízes, tronco, galhos, folhas – tudo tinha sido pintado de vermelho com sangue da terra. Toda uma árvore viva estava sendo oferecida para atrair o Espírito do Mundo à Floresta Profunda.

Alguém a empurrou adiante e ela se descobriu ao lado de uma tocha crepitante. Para sua surpresa, não viu apenas Auroques e Linces reunidos ali. Do outro lado do anel de fogo, havia um *segundo* acampamento e uma multidão sombria, com lanças e machadinhas, disposta a brigar. Um deles aproximou-se mais da luz, e ela viu que sua barba e seus lábios estavam pintados de verde, o rosto com tatuagens de folhas. O comprido cabelo verde estava trançado e amarrado com rabos de cavalos, e a faixa de cabelo era marrom. Renn não conseguia acreditar. O Clã do Cavalo da Floresta estava acampado a uma distância menor de seus inimigos mortais do que o disparo de uma flecha.

Entre os Cavalos da Floresta, havia outros se movimentando, semiocultos à luz do luar. Seus mantos eram da cor da noite; uma teia de linhas de carvão obscurecia seus rostos. Renn viu em seu queixos negras tatuagens espinhosas. Clã do Morcego.

Os dois lados encaravam um ao outro a vinte passos da fumacenta luz de tochas. Flechas foram encaixadas a arcos. Mãos se contraíram em machadinhas e lanças.

Na raiz da árvore vermelha, Renn distinguiu uma enorme figura num manto ondulante e máscara brilhante encimada por rabos de cavalos. Sua pele arrepiou-se. Thiazzi.

Sua manga comprida escondia a mão mutilada, mas, na outra, trazia um pesado cajado com espirais gravadas a fogo.

— Vejam o que eu carrego — falou para os clãs, num tom sonoro que Renn tinha ouvido pela última vez no Distante Norte. — Eu, o Mago Cavalo da Floresta, carrego o cajado de discursar do Clã do Auroque.

Os Auroques agitaram-se, alarmados.

— O Mago Auroque — prosseguiu Thiazzi — é conhecido por ser sábio e justo. Eu falei com ele em seu abrigo de orações. Como prova de confiança, ele me deu seu cajado!

Cabeças em dúvida sacudiram-se entre os Auroques. Que embuste seria aquele?

Quando o Mago Cavalo da Floresta se aproximou do Líder Auroque, eles apontaram uma porção de lanças para seu peito. Thiazzi nem sequer vacilou.

– Para honrar essa confiança, devolvo o cajado a seu clã. – Com uma reverência, ele o ofereceu ao Líder.

Até mesmo Renn teve de reconhecer sua coragem. Se as coisas saíssem erradas, ele seria trespassado por vinte lanças.

Com uma reverência cautelosa, o Líder Auroque pegou o cajado, e Thiazzi recuou. Lentamente, os Auroques baixaram as lanças.

Renn observou-o voltar à árvore encarnada, de onde se dirigiu a ambos os lados.

– Durante uma lua – disse-lhes –, eu jejuei no bosque sagrado, e o Mago Auroque jejuou em seu abrigo de orações. Para nós dois, foi enviada a mesma visão. – Ergueu os braços. – Lutar *não devemos mais!* Auroques. Cavalos da Floresta. Linces. Morcegos. Veados-Vermelhos. Nós precisamos *nos unir!*

Arquejos de perplexidade. Mãos se agitaram numa conversa urgente.

O que ele pretende?, perguntou-se Renn. Ela podia entender por que um Devorador de Almas talvez desejasse uma disputa, mas por que...

– Nós precisamos nos unir – repetiu o Mago – contra um *inimigo maior!*

No silêncio que se seguiu, era possível ouvir a batida de asas de uma mariposa. Todos os olhos estavam no Mago mascarado que rondava a árvore vermelha.

– Muitos invernos atrás – começou –, os clãs viraram as costas para o Verdadeiro Caminho.

As pessoas baixaram a cabeça. Alguns dos Auroques arranharam o rosto para reabrir suas feridas.

– Eles foram castigados – disse o Mago. – Clãs inteiros foram extintos. Cervo. Castor. Carvalho. Desde então, mais maldades têm investido contra o povo da Floresta Profunda. *Todas* causadas por forasteiros... por incrédulos que desprezaram o Caminho.

Não é verdade, pensou Renn.

— Três invernos atrás — disse Thiazzi, a voz inchando como o vento nos pinheiros —, um ardiloso da Floresta Aberta ludibriou os Veados-Vermelhos para lhe dar abrigo, então lhes retribuiu criando o urso demônio.

As pessoas assobiaram e agitaram os punhos.

— Dois verões atrás, o povo da Floresta Aberta enviou a doença e os *tokoroths*...

Não, não enviamos, pensou Renn, foram os Devoradores de Almas!

— ... e somente a nossa vigilância os manteve fora da Verdadeira Floresta.

Machadinhas foram agitadas em triunfo, lanças batidas em escudos. Extasiados, rostos pintados absorviam tudo.

— No inverno antes do último, os clãs do Gelo enviaram hordas de demônios para nos invadir. Na última primavera, os Lontras tentaram nos afogar em uma inundação.

É tudo mentira!, berrou Renn dentro de sua cabeça.

— Nesta primavera, forasteiros roubaram nossas crianças e mandaram o grande incêndio para nos destruir. Eles fracassaram!

As batidas nos escudos se intensificaram.

— Até agora, nós apenas *resistimos*! Mas agora... — varreu toda a extensão do anel de tochas — Agora precisamos *lutar*! *Todas* as maldades vêm por intermédio de forasteiros! Eles procuram nos destruir porque seguimos o Caminho, mas nós, da Floresta Profunda... a *Verdadeira* Floresta... vamos nos unir! Vamos nos erguer e esmagar a Floresta Aberta!

Os rugidos que irromperam de cada garganta sacudiram os pinheiros e martelaram as estrelas.

— Arranquem suas faixas de cabeça! – bradou o Mago. – Abracem os seus irmãos da Floresta Profunda e se unam contra os forasteiros!

Num frenesi, faixas foram rasgadas de cabeças. Auroques correram para abraçar Morcegos, Cavalos da Floresta tocaram testas com Linces. Embaixo da árvore encarnada, o Mago observava de trás de sua máscara pintada.

De repente, ele levantou os braços, pedindo silêncio.

As pessoas voltaram para trás das tochas.

— Nunca esqueçam – disse Thiazzi, num sutil tom de voz ameaçador – que a malícia dos forasteiros não dorme. – Fez uma pausa. – Eu trago prova. Eu lhes trago a própria ameaça em pessoa: o espião da Floresta Aberta que tentou nos destruir provocando o grande incêndio.

Três homens levaram um fardo para dentro do anel e o jogaram aos pés do Mago.

Renn distinguiu uma figura, que se debatia, enroscada numa rede. Ela conteve um grito.

A figura gemeu.

Era Torak.

VINTE E SEIS

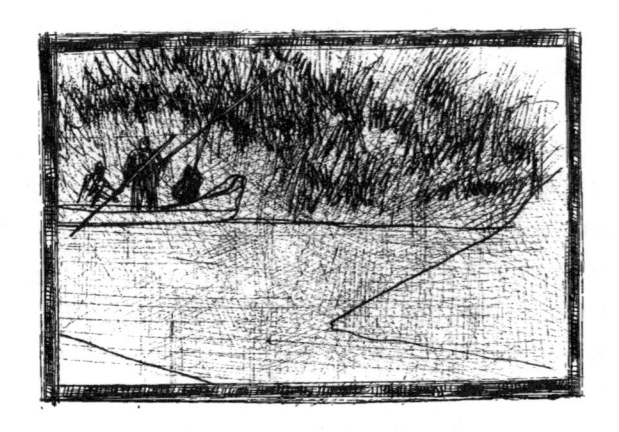

A rede foi aberta com um puxão, e Torak, cambaleante, pôs-se de pé. Tinhas as pernas atadas e as mãos amarradas para trás. Renn viu sangue em seu rosto e hematomas no peito. Percebeu o quanto ele vacilava.

Erguendo a cabeça, olhou direto para ela. Seus olhos se arregalaram.

Ela pronunciou silenciosamente seu nome, mas ele fechou a cara. *Fique fora disso.*

– De joelhos. – Uma mulher Cavalo da Floresta colocou sua lança nas costas dele e o forçou a se abaixar. Ela tinha um suspeitoso rosto tatuado com folhas de azevinho, e lábios verdes cerrados de raiva. Um rabo de cavalo cascateava sobre sua nuca, e Renn supôs que era a Líder. Ela curvou a cabeça bem baixa em sinal de reverência ao seu Mago.

Thiazzi aceitou em silêncio a homenagem, mas Renn captou o cintilar de olhos por trás da máscara e pensou, *Ele está adorando isso.*

— Mago — disse a Líder. — Aqui está o demônio que tentou destruir a Verdadeira Floresta. Eu já o tinha visto antes. Dois verões atrás, nós o pegamos procurando nos envenenar com a doença.

— Eu procurava a cura — protestou Torak. Ele soou exausto.

— Nós devíamos tê-lo enforcado naquela ocasião — disse a Líder. — Precisamos corrigir o erro.

As pessoas bateram lanças nos escudos em violenta concordância.

Renn lançou-se à frente, mas duas patas cabeludas a contiveram.

— Fique calada — sussurrou em seu ouvido o velho Auroque. — Só vai piorar as coisas.

Soltando-a ele apanhou o cajado de discursar das mãos de seu Líder e coxeou adiante.

— Mas se o matarmos — disse ele — infringiremos a lei do clã. O *nosso* Mago, o Mago Auroque, não concordaria com isso.

— Matar um incrédulo é fazer o bem. — A voz poderosa de Thiazzi encheu a clareira. — E esse não é um incrédulo comum. Vejam a cicatriz em seu peito, onde ele tentou ocultar sua nociva natureza. Vejam a tatuagem em sua testa. A marca do proscrito.

Isso foi demais para Renn.

— Ele não é mais um proscrito! — bradou. — Fin-Kedinn o aceitou de volta, todos os clãs concordaram!

— A Floresta Profunda não concordou — rebateu a máscara pintada. — O Líder Corvo procurou mudar a lei do clã, e ela não pode ser mudada.

— A não ser por você — disse Torak.

— Silêncio! — sibilou a Líder Cavalo da Floresta.

Torak ergueu a cabeça e fitou Thiazzi.

— Você infringe a lei do clã sempre que deseja. Não é mesmo, Thiazzi?

Rostos intrigados se voltaram para o Mago.

— Massacrou caçadores — prosseguiu Torak. — Assassinou meu pai. Meu parente de osso...

— Silêncio! — guinchou a Líder Cavalo da Floresta. — Como ousa insultar o nosso Mago?

— Ele não é o mago de vocês. — Torak arremessou-se para trás, ao tentar se manter de pé. — Ele é um Devorador de Almas.

Uivos de afronta ergueram-se da multidão, mas Thiazzi estava triunfante.

— Por sua própria boca ele se condena! Eis a prova de sua perversidade!

— O que há de *errado* com todos vocês? — berrou Torak.

Árvores se agitaram. Tochas bruxulearam. Até mesmo a Líder Cavalo da Floresta deu um passo para trás.

Com o peito cicatrizado e olhos cintilantes, Torak pareceu aterrador — exatamente o que Thiazzi disse que ele era.

— Vocês se esqueceram de como *pensar*? — gritou para a multidão.

— Não parece estranho que seu novo Mago, de repente, tenha se tornado tão belicoso? Não conseguem *perceber* que ele não é um de vocês?

Renn nunca o vira tão furioso. Sua ira era como a fúria branca congelante do urso do gelo, e isso a deixou apavorada. E também apavorou os outros.

A gargalhada de Thiazzi quebrou o encanto.

— Vejam como ele está desesperado! Ele sabe que está condenado!

Um estremecer de alívio percorreu a multidão. O Mago tinha recuperado sua segurança.

— Já ouvi o suficiente para julgar — declarou Thiazzi. — Um proscrito na Verdadeira Floresta é um insulto ao Espírito do Mundo. É por isso que o Espírito se mantém distante. O proscrito precisa morrer.

O vento se levantou. A árvore vermelha suspirou.

Renn ficou consternada.

Torak olhou friamente para Thiazzi.

— Mas — disse o velho, ainda segurando o cajado —, se essa trégua é para durar, o Mago Auroque também precisa concordar com a morte.

Isso levou seu clã de volta à razão, e eles esperavam observando para ver como o Mago Cavalo da Floresta reagiria.

A luz das tochas brincou no rosto de pau. Atrás dele, Renn sentiu a agitação de pensamentos. Ele queria Torak morto, e logo. Mas, se desprezasse os Auroques, ele arriscaria uma rebelião e a ruína de seus planos.

— Claro que ele precisa concordar — disse Thiazzi entre os dentes. — Esta noite, o Mago Auroque permanece no seu abrigo de orações, enquanto eu fico no bosque sagrado. Cada clã pintará uma árvore com sangue da terra. Quando ambos os Magos retornarem, e se estivermos todos de acordo, o proscrito morrerá.

Torak acordou com uma sede intensa.

Cordas de crina de cavalo prendiam seus punhos e tornozelos. Seus ferimentos latejavam, sua cabeça doía. Entrando e saindo de um estado de vigília, ele tentava descobrir onde estava. Um abrigo provisório. Raízes contra suas faces...

Acordou com um tranco. Eles o haviam colocado debaixo da árvore encarnada. Em breve, eles o enforcariam nela.

Não via como fugir da situação. Quanto tempo levava para se pintar uma árvore de vermelho? Esse era o tempo que ele tinha.

Pensou em Renn. Ela não parecia ter sido agredida, portanto, talvez a deixassem viver. Se ela não tentasse ajudá-lo.

E Lobo? Ele imaginou Lobo — se ainda estivesse vivo — procurando por ele pela Floresta queimada. Perdido, confuso, uivando atrás de seu irmão de alcateia. Nunca recebendo uma resposta.

Impotente, Torak mergulhou num ardente mar de sede.

Alguém segurava sua cabeça, despejando água em sua boca.

Tossiu e cuspiu. Sua língua estava inchada, não conseguia engolir.

— Não pare — implorou. Isso saiu como um murmúrio sem sentido.

A casca de vidoeiro parecia áspera contra seus lábios e uma fria mão sustentava sua nuca. A água desceu pela sua garganta, molhando sua carne como uma enchente encharcando terra rachada pelo sol.

— Como você se sente? — sussurrou Renn.

— Melhor — sussurrou. Não era verdade, mas seria, em breve. Fechando os olhos, sentiu uma força penetrar furtivamente em seus membros, enquanto Renn cortava as cordas em seu punho com a faca de dente de castor dela. — Lobo — murmurou ele.

— Eu o vi ontem. Ele está bem.

— Graças ao *Espírito*. E os...

— Os corvos também estão bem. Tente se sentar, temos de ser rápidos.

— Como conseguiu isso? — perguntou, quando ela começou a cortar as cordas em seus tornozelos.

— Não consegui — disse ela sucintamente. — Todos estão dormindo, não sei por quê. Foi como se tivessem tomado uma poção do sono. Não deve durar muito tempo.

Reprimindo a dor, Torak esfregou os pulsos para voltar a senti-los, enquanto Renn limpava o sangue de seu rosto e lhe contava como Thiazzi havia declarado uma trégua entre os clãs.

— Ele deve ter ludibriado o Mago Auroque e agora tem todos sob seu poder. — Fez uma pausa. — Torak, isso é muito maior do que pensamos. Ele está fazendo todos se voltarem contra a Floresta Aberta.

Torak tentava absorver isso, quando ouviram um ruído lá fora. Um murmúrio sonolento, horrivelmente perto. Um roçar de entrecasca que transformou-se num ronco.

Quando tudo estava novamente silencioso, Torak respirou aliviado.

— Por que eles também não amarraram você?

Renn prendeu a faca na panturrilha e baixou a perneira sobre ela.

— Eles ficaram com medo de mim... Porque sou uma Maga.

Os olhos de Torak encontraram os de Renn na escuridão vermelha. O rosto dela era severamente belo, e um arrepio percorreu a espinha dele.

Então Renn era novamente sua amiga, entregando-lhe um par de botas de couro de gamo.

– Eu as roubei de um Lince. É melhor que sirvam.

Enquanto ele as calçava, ela vigiava do abrigo.

– Você consegue andar?

– Será preciso.

A lua havia declinado e as tochas tinham queimado; ambos os acampamentos estavam escuros e silenciosos. Em volta do agrupamento, quatro caçadores dormiam estatelados ao lado de suas armas. Sua respiração era tão fraca que, a princípio, Torak pensou que estivessem mortos. Ele apanhou um arco e uma aljava e enfiou uma machadinha no cinto.

Atravessar o campo a céu aberto até as tochas pareceu levar uma eternidade. Sua cabeça latejava. A cada passo, dores perspassavam seus membros machucados. Renn desapareceu nas sombras, e ele pensou que tinha se perdido. Ela reapareceu com seu arco e uma aljava, e enfiou algo na mão dele. Era sua faca.

– Como você...?

– Já lhe disse, estão todos dormindo!

Finalmente atravessaram o acampamento Auroque, acotovelados atrás de uma moita de juníperos. Renn inclinou-se mais para perto, seu cabelo fazendo cócegas na bochecha dele.

– Eles me trouxeram aqui vendada, não sei onde estamos. Você sabe?

Ele fez que sim.

– Nós viemos em canoas. O Água Negra fica a vinte passos daqui. Pegaremos um bote e seguiremos rio acima. Então deixaremos o bote e atravessaremos para o vale seguinte, que é o vale dos cavalos. De lá vai-se direto para o bosque sagrado.

Ela franziu a testa.

– Vamos pegar os botes.

Chegaram ao rio sem problemas e encontraram uma fila de canoas de troncos dispostas na margem. Silenciosamente, empurraram a última da fila para o raso, e Torak subiu nela. A dor dos membros tinha sumido, entorpecida pela emoção da perseguição.

— A corrente não é forte — comentou ele, baixinho. — Se remarmos bem forte, talvez alcancemos Thiazzi.

Renn estava no raso, com as botas penduradas no pescoço, mas não fez menção de embarcar.

— Torak, vire a canoa de volta.

— Por quê? — perguntou ele, com impaciência.

— Não podemos ir atrás de Thiazzi. Não agora.

Ele a encarou.

— Se você o matar agora — sussurrou —, vai confirmar cada mentira que ele contou sobre a Floresta Aberta.

— Mas... Renn! O que está dizendo?

— Temos de voltar à Floresta Aberta. Procurar Fin-Kedinn. Alertar os clãs sobre o que está acontecendo.

— Não pode estar falando sério.

Aproximando-se, ela segurou a canoa com ambas as mãos.

— Torak, já *observei* essas pessoas! Elas fazem tudo o que ele manda. Talhar os próprios rostos, decepar mãos. Elas atacarão a Floresta Aberta!

Ele começou a ficar zangado.

— Eu fiz um juramento, Renn. Jurei vingar o meu parente.

— Isso é maior do que vingança. Não percebe? Se Thiazzi morrer, eles pensarão que foi uma trama da Floresta Aberta.

— Mas Thiazzi não é o Mago deles! Assim que morrer, eles verão isso!

— Eles não *ligarão*! Torak, *pense*! Se você matá-lo, eles verão isso como uma prova do que Thiazzi disse. Eles atacarão. A Floresta Aberta revidará. Isso não vai parar!

Ele quis segurá-la pelos ombros e sacudi-la.

— Você disse que me ajudaria. Vai me abandonar agora?

Ela recuou, como se ele a tivesse agredido.

— Se você for atrás de Thiazzi, eu terei que deixá-lo. Alguém tem de avisar a Floresta Aberta. — Na voz dela, ele ouviu um eco de Fin-Kedinn: a mesma empedernida determinação de fazer o que era certo, não importava o custo.

— Renn — disse ele. — Não posso voltar atrás agora. Preciso que venha comigo. Faça isso por mim.

— Torak... *não* posso!

Ele olhou-a parada ali com a água negra redemoinhando em volta de suas panturrilhas.

— Então está bem — disse ele. Mergulhando seu remo, partiu rio acima.

VINTE E SETE

Renn permaneceu no raso gelado, olhando inexpressivamente para a escuridão.

Não conseguia acreditar que Torak tinha realmente ido embora. Fora um erro. Tinha de ser. A qualquer momento, ele reapareceria e diria que se arrependera. "Você tem razão. Temos de voltar à Floresta Aberta". Ele simplesmente não a deixaria sozinha.

Mas deixou. Ela enfrentaria uma longa e perigosa viagem sem ele.

E ela sabia, com toda a certeza, que ele não chegaria nem perto de Thiazzi. Como conseguiria, se o Mago Carvalho tinha a Floresta Profunda em suas mãos? Thiazzi o mataria. Ela nunca mais veria Torak.

Um junco bateu em seu ombro, e os salgueiros murmuraram um alerta. *É melhor ir embora daqui, depressa.*

Mordendo com força o lábio inferior, Renn chapinhou em direção à canoa mais próxima. Foi para trás dela e a empurrou, mas o pesado tronco de pinheiro não cedeu. Escorregando na lama, ela deu outro empurrão, e a canoa soltou-se com um tranco e espirrou água ao entrar no raso.

Rapidamente, ela jogou aljava, arco e botas para dentro e pulou atrás deles. Mas, ao dar o primeiro golpe com o remo, a canoa inclinou-se violentamente, quase jogando-a para fora. Ela remou freneticamente.

Caçadores a arrastaram de volta para a margem.

— Você ajudou o proscrito a fugir — disse a Líder Cavalo da Floresta.
— Sim.
— Aonde ele foi?
— De v-volta à Floresta Aberta.
— Você está aliada a ele.
— Ele é meu amigo.
— Você está aliada a ele contra a Floresta Profunda.
— N-Não. — Seus dentes batiam, a friagem do rio percorria sua medula, mas eles não a deixariam sair dali. Rostos com cicatrizes assomaram sobre ela, envolvendo-a num fedor de sebo, entrecasca úmida e ódio.
— Você nos envenenou com Magia — disse a Líder Cavalo da Floresta.
— Não.
— Pôs remédio do sono na nossa água.

Sim, era correta sua dedução. Mas quem fizera isso e por quê?
— Você lançou um encanto contra nós.

Renn hesitou. Levar o crédito por feitos de outros fora prática de sua mãe.

— Eu avisei a vocês que eu era uma Maga — disse ela, friamente. — Nenhum de vocês se machucou. E ninguém se machucará... se me levarem ao Mago Auroque.

O ar rachou de medo e ódio. Renn rezou para que o medo deles se mostrasse mais forte.

— Por que faríamos isso? — indagou a Líder Cavalo da Floresta.

— O Mago Auroque tem o respeito de todos — afirmou Renn com arrogância. — Eu só falarei com ele.

— Você não está em posição de negociar — sibilou a Líder.

Renn pensou depressa.

— É assim que os Cavalos da Floresta respeitam a trégua? — disse ela. — Desdenhando do Mago Auroque? O que os Auroques têm a dizer sobre isso?

Foi a vez de a Líder Cavalo da Floresta hesitar.

O abrigo do Mago Auroque se acaçapava como um sapo a sota-vento num abeto caído.

Os Auroques a tinham levado ali vendada — pelo rio, depois por terra —, e ela não fazia ideia de onde estava, embora soubesse pelo cheiro que se encontrava perto das áreas queimadas.

— O nosso Mago é velho e frágil — alertaram-na ao lhe tirarem a venda —, você não deve cansá-lo. E, lembre-se, só vai vê-lo porque ele quis. — Em seguida, sumiram na Floresta, deixando-a sozinha diante do abrigo.

Renn permaneceu com as mãos amarradas às costas, em meio a um emaranhado de urtiga-morta ainda úmida de orvalho. Acima dela erguia-se um emaranhado de raízes da árvore, cheirando a terra e madeira podre. Estava atulhado de ninhos de morcegos e corujas e dele pendiam chifres de auroque entalhados com espirais. Desses e dos pinheiros em volta, finas cordas de entrecasca vermelha trançada seguiam para o buraco de fumaça do abrigo. Renn supôs que eram escadas de espíritos para ajudar o Mago a subir para o mundo espiritual.

O abrigo em si parecia bastante simples. Uma névoa fragrante subia do buraco de fumaça e o pano de entrecasca que cobria a entrada era decorado com uma borda de auroques trotando.

— Entre — disse uma voz fraca.

Desajeitadamente, por causa das mãos amarradas, Renn se ajoelhou, afastou a entrecasca com o nariz e se arrastou para o interior.

A fogueira era pequena, mas agradável. Acima desta, as escadas vermelhas dos espíritos pendiam do buraco de fumaça, dançando ao calor. Do outro lado da fogueira, Renn viu seu arco e as flechas roubadas junto a um monte de folhas.

Este mudou de posição.

— Já mandei meu pessoal embora — chiou uma voz tão tranquila quanto uma brisa de verão num rebento. — Quando dois Magos se encontram é melhor que não sejam ouvidos por outros.

Renn fez uma reverência respeitosa.

— Mago.

Quando seus olhos se ajustaram à escuridão, ela viu que o Mago estava todo coberto por folhas. Camada sobre camada de folhagem fresca — azevinho, vidoeiro, abeto, salgueiro — ornava seu manto com todos os tons de verde. Do peito pendiam pedaços de âmbar cor de capim amarrados num cordão de fibra de urtiga trançada. Seu capuz estava baixado sobre o rosto — Renn não conseguia vê-lo, mas sentia seu escrutínio.

— Por que perturba minhas preces? — murmurou ele, sem repreendê-la.

Renn pensou em como começar. Se o Mago Auroque fosse justo, como diziam as pessoas, e se não tivesse caído totalmente sob o feitiço de Thiazzi, ela teria uma chance. Caso contrário...

— Há um Devorador de Almas na Floresta Profunda — falou de uma vez.

— Um *Devorador de Almas?*

— Seu nome é Thiazzi. Pôs os Auroques contra os Cavalos da Floresta e agora vai levá-los a atacar a Floresta Aberta. — Ela engoliu em seco. Foi um grande alívio ter despejado aquilo.

O manto verde farfalhou quando o Mago alcançou um graveto e agitou as brasas. Folhas de salgueiro da bainha se curvaram com o calor, e Renn viu um besouro sair correndo atrás de segurança.

— Essa é uma notícia grave — sussurrou o Mago. — Quem é esse... *Thiazzi*?

Uma pequena conta de âmbar caiu de uma dobra de seu manto e rolou até a beira da fogueira. Renn ficou pensando se deveria apanhá-la.

— É o Mago do Clã do Carvalho — disse ela. — Ele matou o Mago Cavalo da Floresta. E tomou o lugar do novo Mago deles. O Mago com quem andam falando... não é quem vocês pensam.

— Não? — Ele pareceu estupefato. — E... você descobriu tudo isso sozinha?

— Sim — mentiu Renn.

— Quem é você?

— Sou Renn. Maga do Clã do Corvo. Tentei alertar os outros, mas não deram ouvidos.

— E você veio aqui para derrotar os Devoradores de Almas.

— Com sua ajuda, Mago.

— Ah! — suspirou o Mago, o peito se erguendo levemente a cada respiração.

No fogo, a conta de âmbar chiou e inflamou-se. Renn sentiu um familiar cheiro penetrante. Não é âmbar, pensou. É seiva de abeto.

— Derrotar os Devoradores de Almas — disse o Mago, que parecia crescer, enchendo o abrigo. Seu peito tremeu com a gargalhada, quando ele jogou o capuz para trás e sacudiu sua juba ruiva. — E agora — disse Thiazzi —, como você pretende fazer isso?

VINTE E OITO

O Mago Carvalho não estava com pressa de matá-la.

Enfiando a mão no bolso do manto, ele tirou um punhado de bolinhas de seiva de abeto e jogou algumas na boca. Renn observou seus dentes amarelos triturá-las até o nada. Viu uma mancha dourada no meio do emaranhado de sua barba. A verdade se depositou nela como neve. Thiazzi era o Mago Auroque *e* o Mago Cavalo da Floresta. Matara ambos e tomara seu lugar, lançando mão da máscara do Cavalo da Floresta e das vigílias solitárias do Auroque. Em breve, um deles desapareceria e o outro reinaria sozinho.

Somente Renn conhecia seu segredo. E ele sabia que ela sabia.

Os dentes amarelos continuaram triturando as bolinhas. Os olhos verdes a observavam preguiçosamente.

Ajoelhada diante dele, com as mãos amarradas para trás, ela estava totalmente sob seu poder. Ele cuspiu no fogo e sorriu ao vê-la encolher-se.

— Suponho que vai me jurar que não contará a ninguém.

Ela tentou não tremer.

— Não adianta — disse ela.

Os olhos dele cintilaram.

— E não adianta fingir que não está com medo.

Ela não respondeu.

Com espantosa velocidade para um homem tão grande, ele passou para o lado dela da fogueira, envolvendo-a em folhas farfalhantes e um pungente odor de abeto. Sua mão envolveu a garganta dela: sua mão com três dedos. Tocos de falanges vasculharam sua pele até encontrarem a veia. Ele sorriu ao sentir o terror dela martelando debaixo da pele. Poderia quebrar o pescoço dela como se fosse um graveto. Uma torção, e seria o fim.

Os pensamentos de Renn dispararam como vairões. Diga alguma coisa. Qualquer coisa.

— A... A opala de fogo — arfou.

Com o canto do olho, ela viu a mão livre dele se mover para o peito. Fora imaginação dela ou uma sombra atravessara o rosto dele? Contudo, o que o Mago Carvalho poderia temer?

Ela deu um salto no escuro.

— Você não contou a ela — arriscou Renn.

— Para quem? — retrucou ele, um pouco depressa demais.

— *Eostra* — sussurrou ela, e o nome tornou sua voz tão fria quanto a umidade de um monte de ossos. — Você não contou a ela que conseguiu. Mas ela sabe. Ah, sim. A Maga Bufo-Real sempre sabe. Ela vem atrás de você.

A língua vermelha dele deslizou para fora e umedeceu seus lábios.

— Você não teria como saber disso.

— Mas tenho sim. Eu tenho o dom de minha mãe.

— Sua... mãe?

— Não percebe? — Ela o encarou. — A Maga Víbora. Carrego o tutano dela em meus ossos... Eu sei o que Eostra pretende.

— Como poderia saber? Você não é uma Maga!

— Eu sei que o espírito errante escapou — disse ela, alimentando a inquietação dele. — Sei que seus planos falharam. O que deu errado? Quem se voltou contra você?

Ele empurrou-a para longe de si, e ela bateu a cabeça no batente da porta. Tonta, pelejou para se aprumar. Ouviu-o gargalhar.

— Sim — refletiu ele —, talvez assim seja melhor. Talvez uma isca seja mais eficaz viva do que morta.

De dentro da manga, ele tirou uma faca dentada de sílex do tamanho do antebraço de Renn. Ela se encolheu diante de Thiazzi, mas ele mal notou. No momento, não havia tempo para o prazer; ele estava atento a seu trabalho. Puxando um punhado de escadas de espírito que desciam pelo buraco de fumaça, ele as cortou e usou-as para amarrar os tornozelos de Renn; depois amordaçou-a com brutalidade.

Puxou o rosto dela para si.

— Você tem algo para fazer antes de morrer — murmurou. — Vai me entregar o espírito errante.

Renn sacudiu violentamente a cabeça.

— Ah, sim. Você o levará para mim no bosque sagrado.

Após uma breve e brutal revista, ele encontrou a faca de dente de castor e o apito de osso de tetraz, cortou a bolsa de remédios de seu cinto e jogou todos os três no fogo. A última coisa que fez, antes de baixar o capuz sobre o rosto, foi tomar nas mãos o arco de Renn e quebrá-lo ao meio.

VINTE E NOVE

Torak pensou ter visto Lobo na margem, mas, quando o chamou, ele não apareceu. Nem os corvos também. Era como se soubessem o que ele havia feito e o condenassem por isso.

— Mas eu não a abandonei – disse ele. — *Ela me deixou.*

Uma lufada de vento encrespou o rio, e os amieiros agitaram-se em repreensão. Um nodoso carvalho zombou dele, quando Torak passou remando.

Não podia acreditar que Renn o tinha deixado e retornado para a Floresta Aberta. Claro que ela mudaria de ideia e voltaria para ele. Mas, quando prestava atenção ao ruído de uma canoa de tronco, tudo que ouvia era o gorgolejar de água e os suspiros de árvores adormecidas.

Ela ficará bem, pensou Torak. Ela sabe cuidar de si mesma.

Ah, claro que sabe, Torak. Por que ela precisaria de sua ajuda, perseguida por clãs hostis no coração da Floresta Profunda, com um Devorador de Almas?

Ao romper da alvorada, ele parou para descansar e comer alguma coisa. Tudo lhe lembrava Renn. O sol do início da manhã luzia num campo de morangos silvestres. Se ela estivesse com ele, arrancaria algumas raízes e as mastigaria para limpar os dentes. Ao tatear no raso atrás de talos de junco para mastigá-los crus, ele lembrou-se de um dia, no verão passado, quando ela tentara alimentar Lobo com um deles, e tudo acabara numa brincadeira de pegar. Todos três tinham acabado na água, Torak e Renn sem ação, às gargalhadas, enquanto Lobo saía chapinhando, sacudindo sua presa com os dentes e rosnando de brincadeira, como se ela fosse um lemingue.

– *Basta!* – disse Torak.

Na margem oposta, uma lontra ergueu sua cabeça macia e olhou para ele; então, voltou a mastigar a truta que tinha nas patas dianteiras.

Rek mergulhou no ar, agarrou a cauda da lontra com o bico e deu um puxão. A lontra, ultrajada, girou o corpo, rosnou para a intrusa e, enquanto estava virada de costas, Rip deu um mergulho e tomou o peixe de suas patas.

Os corvos pousaram perto de Torak e liquidaram o peixe. Repartindo-o, notou, exatamente como ele e Renn dividiam tudo. Deu um soco no chão.

Quando nada mais restava da truta, a não ser espinhas, Rek voou para o ombro de Torak e delicadamente puxou sua orelha. Rip caminhou na direção dele e olhou para a bolsa de remédios em seu cinto: a bolsa feita de pé de cisne que fora de Renn até a primavera passada, quando ela a dera a Torak.

– Vocês também? – disse ele para os corvos, irritado.

Rip sacudiu a cauda e olhou para a bolsa.

Sem saber por quê, Torak abriu-a e tirou seu chifre de remédios. Os corvos inclinaram as cabeças, como se estivessem escutando.

De mau humor, Torak virou o chifre nos dedos. Ele era entalhado com marcas pontudas que pareciam pés de abetos. Certa vez, Fin-Kedinn dissera a Torak que aquele era o sinal de sua mãe para indicar a Floresta, e foi por isso que ele reconheceu o chifre como sendo dela. Agora Torak percebeu o que havia esquecido. Enrolado na ponta do chifre estava o fio de cabelo de Renn que ele encontrara em seu saco de dormir, quando fora banido.

Lentamente, ele o desenrolou. Rip pulou para o joelho dele, pegou o cabelo com o bico e o alisou com a mesma delicadeza com que fazia com uma pena.

Torak deixou escapar um suspiro. No verão passado, Renn tinha enviado os corvos para ajudá-lo, quando ele teve doença da alma. E ele a abandonara.

Do mesmo modo como abandonara Bale.

O pensamento fez com que ele gelasse. Estava acontecendo novamente. Ele tinha discutido com Bale, e Bale morrera. Agora Renn...

Seu punho se fechou no fio de cabelo. Ele voltaria e procuraria Renn. *Faria* com que ela viesse com ele. A vingança poderia esperar um pouco mais.

Pulando para a canoa, virou-a e partiu rio abaixo.

Dessa vez, os corvos o acompanharam voando.

Agora Lobo estava igualmente confuso e preocupado. O que Alto Sem-Rabo estava fazendo?

Desde que a Besta Brilhante comera a Floresta, Lobo o tinha seguido e continuava sem entender. Ele havia espreitado os grandes Covis dos sem-rabo e os vira rosnar uns para os outros e depois arrancar os pedaços de couro de suas cabeças. Então chegaram arrastando seu irmão de alcateia e Lobo esteve para saltar em sua ajuda, quando Alto Sem-Rabo rosnou para *eles*. Aquele terrível rosnado de sede de sangue... Era não lobo. Lobo não entendia. Isso o amedrontava.

Depois ele tinha seguido Alto Sem-Rabo e a irmã de alcateia até o Molhado Ligeiro, onde eles rosnaram um para o outro, e então – *Alto Sem-Rabo a abandonara*. Um lobo não abandona sua irmã de alcateia. Alto Sem-Rabo estaria doente? Sua mente se partira?

Depois disso, Lobo se mantivera no Escuro enquanto seguia seu irmão de alcateia Molhado acima. Alto Sem-Rabo tinha chamado, mas Lobo não fora até ele. Lobo *detestava* se esconder de seu irmão de alcateia, mas ele sabia – com a certeza que lhe ocorria de vez em quando – que não podia ir até ele.

Embora não soubesse por quê.

TRINTA

Devia ter havido uma tempestade nas Montanhas, pois o Água Negra carregou Torak rapidamente de volta ao acampamento da Floresta Profunda.

Disfarçando a canoa com galhos folhosos, ele deitou-se nela, confiando nos juncos para ocultar sua passagem. Deu sorte. Todos trabalhavam duro, pintando árvores. Ele viu mulheres, homens e crianças laboriosamente lambuzando-se com sangue da terra.

Que loucura, imaginou, os levaria a seguir ordens cegamente? Não conseguiam perceber que Thiazzi roubava sua liberdade como uma raposa atacando uma carcaça?

Depois que o acampamento sumiu de vista, ele apanhou o remo. A tarde se esgotava. O vento oeste carregava o fedor das terras devastadas. E, ainda, nenhum sinal de Renn.

Ao fazer uma curva, ele notou que a margem norte estava enlameada, como que marcada pelo arrastar de canoas. Os barcos tinham sumido, mas algo reluzia no galho de um salgueiro. Um cacho de cabelo ruivo-escuro.

Conduzindo a canoa para terra, Torak seguiu cautelosamente margem acima.

Uma fileira de pegadas de homens levava à Floresta. Entre elas, localizou as de Renn. Ela fora recapturada. Por que a tinham levado ali?

Forçando-se a se concentrar, ele deduziu que os homens retornaram pouco depois, embarcando nas canoas. Tinham levado Renn junto? Achava que não.

Mais adiante, encontrou outro fio de cabelo dela, amarrado a um graveto. Depois outro. O nó que havia dentro dele afrouxou-se um pouco. Se ela conseguira fazer aquilo, era porque devia estar bem. E queria que ele a seguisse.

Sacou a faca e penetrou na Floresta.

Anoitecia quando ele chegou a um pequeno abrigo a sotavento de um abeto caído. Viu finas cordas encarnadas dependuradas em árvores e chifres de auroques entalhados com espirais sagradas. Deduziu que era o abrigo de orações do Mago Auroque. Tinha, porém, a peculiar tranquilidade de um acampamento abandonado.

A entrada estava obstruída por dois galhos atravessados: um de carvalho e outro de teixo. Cheio de apreensão, Torak passou por eles e entrou. A fogueira estava morta mais ainda com cinzas quentes, esfareladas como ossos; algo estava atravessado sobre ela. Seu estômago revirou-se. Eram os restos do arco de Renn.

Incrédulo, ele apanhou os pedaços enegrecidos do teixo com o qual ela sempre tivera tanto cuidado. Lembrou-se de um dia, no verão anterior, quando ele a encontrara triturando avelãs para olear seu arco. O sol resplandecia em seu cabelo ruivo, e ele imaginara qual seria a sensação de enrolá-lo em seu punho. Ela se virara para olhá-lo nos olhos e seu rosto se inflamara. Lobo passara por ele resfolegando atrás das avelãs, e Renn batera em seu focinho para afastá-lo. "Não, Lobo, não é para você!" Mas ela logo cedera e lhe dera um punhado.

Ajoelhando-se diante das cinzas, Torak recolheu os restos do arco. Farejou freixo e o cheiro penetrante de abeto. Perto do joelho, avistou uma bolinha de âmbar. Apanhou-a. Sim, seiva de abeto. Perto dela, a marca de mão. Era de um homem grande. Faltando dois dedos.

Tudo se encaixava, e Torak despencou em espiral de uma grande altura: Thiazzi era o Mago Auroque. Thiazzi era o Mago Cavalo da Floresta. Eram um só e o mesmo.

E Thiazzi estava com Renn.

Pondo-se de pé num salto, Torak saiu cambaleante do abrigo. O luar banhava a clareira com um azul gelado. Ele pensou em Renn sendo forçada a ver Thiazzi fazer seu arco em pedaços. Como o Devorador de Almas devia ter apreciado aquilo. E quis que Torak soubesse. Deixou os restos do arco como um sinal, juntamente com a marca de sua mão com três dedos. *Thiazzi fez isso.*

Fora Thiazzi, e não Renn, quem deixara o cabelo dela na trilha: para atrair Torak até ali e ter certeza de que ele engoliria a isca. E aqueles galhos cruzados... Anunciando aonde ele a levara.

O bosque sagrado, onde cadáveres pendiam do carvalho.

Torak cambaleou até uma árvore e vomitou.

Aquilo era culpa dele. Em sua sede de vingança, tinha entregado Renn ao poder do Mago Carvalho.

Alto Sem-Rabo estava apenas a um salto de distância, mas Lobo não podia ir até ele. Algo os mantinha separados, como um grande Molhado Ligeiro entre eles.

Alto Sem-Rabo tinha levado nas patas dianteiras a Longa Garra-que-voa da irmã de alcateia, e agora a colocara cuidadosamente na árvore. Lobo sentia seu medo e, por baixo deste, seu terrível desejo de sangue.

Era o desejo de sangue que impedia que Lobo fosse até ele. *Tenho de matar o Mordido,* Alto Sem-Rabo dissera certa vez a Lobo. *Não porque é uma presa ou porque se trata de uma luta por território, mas porque ele matou o sem-rabo de pele pálida.*

Mas por quê? Isso não é o que um lobo faz. Isso... Isso era não lobo.

Aflição arranhava a barriga de Lobo. Ele atacou um galho. Correu em círculos.

Alto Sem-Rabo o tinha ouvido. Ele parou e ganiu. *Venha para mim, irmão de alcateia. Preciso de você!*

Lobo choramingou. E cedeu.

Lembrou-se da ocasião do Grande Frio, quando encontrara os lobos brancos e tentara contar ao líder deles sobre Alto Sem-Rabo. *Ele não tem rabo,* dissera Lobo, *e anda sobre as patas traseiras, mas é...*

Então ele é não lobo, retrucara severamente o lobo líder.

Lobo tinha certeza de que o lobo líder estava errado, mas não ousara protestar.

Não agora.

Alto Sem-Rabo ergueu-se sobre as patas traseiras e foi na direção de Lobo, o rosto intrigado. *Por que não veio a mim?*

Seu rosto...

Desde o início, Lobo tinha amado o rosto achatado e sem pelo de seu irmão de alcateia; mas, ao ficar no Escuro, olhando acima para ele, percebeu o quanto o rosto era diferente do de um lobo. Os olhos de Alto Sem-Rabo não refletiam a luz do Olho Branco Brilhante, como os dos lobos.

Não como um lobo.

Desabou sobre Lobo, com a força de uma árvore derrubada, a noção que o vinha espreitando havia muitos Claros e Escuros. Alto Sem-Rabo era não lobo.

Uma dor como Lobo nunca sentira mordeu fundo em seu coração. Nem mesmo quando era um filhote na Montanha e sentira terrivelmente a falta de Alto Sem-Rabo, nem mesmo naquela ocasião sentira uma dor assim.

Alto Sem-Rabo era não lobo.

Não era lobo.

Alto Sem-Rabo não era lobo.

TRINTA E UM

Eu pensei que você soubesse, disse Torak em fala de lobo.

Lobo recuou, seus olhos cor de âmbar anuviados de infelicidade.

Oh, Lobo. Eu pensei que você soubesse.

Choramingando, Lobo torceu o rabo e fugiu.

Torak correu ruidosamente atrás dele, por entre as árvores. Era inútil. Parando de repente, curvou-se, ofegando. Em volta dele, as rosáceas desfraldavam suas folhas prateadas para colher a luz da lua cheia. Ele uivou. Lobo não uivou de volta. O uivo de Torak reduziu-se a um soluço. Lobo tinha ido embora. Para sempre?

As árvores agitaram-se ao vento, sussurrando, *Depressa, depressa*. Thiazzi já devia ter chegado ao bosque sagrado. Já devia ter acendido outra fogueira e fincado ali uma estaca. Ele talvez estivesse arrastando Renn em direção a ela...

Torak passou correndo pelo abrigo, de volta aonde deixara a canoa. Pulou para dentro dela e seguiu rio acima, golpeando o rio como se este fosse Thiazzi. Penetrara num túnel sem fim de árvores escuras e pensamentos desesperados. Por causa dele, Lobo estava infeliz. Por causa dele, Renn agachava-se sob o poder do Mago Carvalho.

O Água Negra mostrava-se implacável. Seus músculos queimavam. Ele merecia isso.

Por entre as árvores, avistou o brilho do acampamento da Floresta Profunda. Mas o rio estava obstruído. Uma rede de entrecasca se estendia de margem a margem.

Impelindo o remo, Torak fez a canoa dar a volta. Quando estava fora de vista, aportou numa moita de amieiros e subiu a ribanceira. Não podia ir mais adiante pelo rio; teria de seguir a pé. Nunca chegaria ao bosque sagrado a tempo.

De repente, ele gelou. Através das solas de suas botas, captou um leve tremor de terra.

Caiu de joelhos e colocou ambas as palmas no chão. Teria de fato sentido aquilo? Estaria vindo na direção dele?

Talvez, afinal de contas, *houvesse* um jeito.

Lobo sentiu a terra tremer debaixo de suas patas, mas continuou trotando. Seu faro lhe dizia que ele seguia na direção das terras mordidas pela Besta Brilhante. Não se importou.

Finalmente, a sede raspou sua garganta e ele teve de parar. Encontrou um pequeno Molhado Parado e abocanhou um pouco. Então ergueu o focinho e uivou sua infelicidade para a Floresta.

Alto Sem-Rabo não era lobo.

Alto Sem-Rabo não era irmão de alcateia de Lobo.

Lobo não *tinha* mais um irmão de alcateia.

Lobo estava sozinho.

O tremor debaixo de suas patas aumentou. Com indiferença, Lobo o reconheceu como o martelar de muitos cascos.

Para sair do caminho, trotou encosta acima, de onde observou os cavalos passarem galopando. O forte cheiro dos animais redemoinhou em seu focinho, mas Lobo estava infeliz demais para ser tentado, ou para imaginar o que os fazia correr.

Quando sumiram, desceu novamente para o pequeno Molhado Parado.

A terra à sua volta tinha sido mastigada pelas patas dos cavalos, e ela se grudou nas patas dele com grumos frios, empapados. Não se importou. Ficou imaginando se Alto Sem-Rabo teria ouvido os cavalos a tempo de sair do caminho. Alto Sem-Rabo, que mal conseguia ouvir ou farejar, e que não tinha mais um irmão de alcateia para alertá-lo.

Enquanto estava parado com o rabo abaixado na beira do Molhado Parado, Lobo viu o lobo que vive no Molhado olhar para ele. Aquele era um lobo muito estranho, que não tinha cheiro. Assustara Lobo quando filhote, mas ele logo aprendera que o lobo estranho não pretendia fazer-lhe mal e que sempre recuava quando ele fazia o mesmo.

Naquele momento, o lobo no Molhado parecia sentir tanta infelicidade quanto Lobo. Para animá-lo, Lobo deu uma leve sacudida no rabo, e o lobo no Molhado também sacudiu seu rabo.

Então uma coisa muita estranha aconteceu. *Outro* lobo apareceu no Molhado, parado perto do outro.

Só que esse Lobo era preto.

TRINTA E DOIS

Pelo-Escuro ficou completamente imóvel para ver o que Lobo faria.

Lobo também estacou. Suas patas penetraram na lama. Seu pelo se eriçou de animação.

Pelo-Escuro contraiu o rabo.

Lobo ergueu o focinho e cheirou o ar.

Lentamente, Pelo-Escuro levantou a pata dianteira e cutucou o ombro dele.

Tocaram os focinhos.

Lobo segurou o cangote dela entre suas mandíbulas. Ela açoitou-o com o rabo e ganiu, mostrando-lhe sua barriga. Ele a soltou, e agora estavam rolando aos trambolhões em meio a um enlameado borrão de pelagem e garras. Entrando e saindo do Molhado, um perseguiu o outro, Lobo dando pequenas e rápidas mordiscadas de boas-vindas em seus flancos, e Pelo-Escuro choramingando de prazer e mordiscando-o de volta. Ela saltou bem alto, o pelo negro reluzindo com Molhado, então girou e chocou o corpo contra o dele, e Lobo a perseguiu encosta acima e abaixo, aspirando seu cheiro forte, selvagem, o cheiro mais bonito que ele já tinha sentido.

Agora ela pateava algumas folhas para fora do Molhado e eles as abocanhavam, depois desabaram juntos para descansar. Ofegante, ela lhe disse o quanto sentira sua falta, e foi por isso que deixara a alcateia para procurá-lo. Após muitos Claros e Escuros e muito farejar e escutar, ela uivara atrás dele achando que ele uivaria de volta, mas então a Besta Brilhante tinha comido todos os cheiros.

Lobo fechou os olhos e ouviu o vento encrespar o pelo dela. Sentia-se surpreso e feliz e triste.

Pelo-Escuro era esperta, e rapidamente percebeu o que ele estava sentindo. *Por que você está triste?*, perguntou. *Onde está aquele que não tem rabo?*

Lobo levantou-se de um salto e sacudiu o corpo. *Ele não é lobo. Ele não é meu irmão de alcateia.*

Pelo-Escuro torceu a orelha, intrigada. *Mas nós brincamos juntos. Ele era seu irmão de alcateia. Não é possível.*

Lobo trotou de um lado a outro. Encontrou um graveto interessante e largou-o diante dela como presente.

Pelo-Escuro ignorou-o. Levantou-se e cutucou seu ombro com o focinho. *Você se lembra de quando os filhotes tentaram comer o sobrepelo dele e você os impediu? E eu lhe dei uma cabeça de peixe?*

A dor foi tanta que Lobo ganiu. Claro que se lembrava daquele dia radiante, quando ele e Alto Sem-Rabo tinham feito parte da alcateia da Montanha; quando tinham nadado juntos e sido felizes.

Pelo-Escuro esfregou a anca no ombro dele e fungou em seu cangote. *Estive caçando cavalos. Há um pequeno potro suculento. Eu quase o peguei, mas sua mãe escoiceou-me. Vamos caçar!*

Lobo virou o focinho para o vento, e o cheiro de cavalo fluiu pelo seu faro. A manada devia ter parado assim que Pelo-Escuro deixou de persegui-la. Não devia estar longe.

Pelo-Escuro saltitou para o meio das árvores, balançando o rabo. *Venha!* Em pouco tempo, ela trotava atrás de cavalos, uma lustrosa loba preta voando através das urtigas.

A fome acordou a barriga de Lobo. Esqueceu sua dor e correu atrás dela.

Torak sentiu um tremor de cascos pelo chão. Os cavalos vinham em sua direção. Algo devia tê-los feito entrar em pânico, talvez um lince ou um urso. Ótimo, pensou. Quanto mais velozes, melhor.

Agora conseguia escutá-los. Ao chegarem mais perto, ele ouviu refugos e bufadas e a quebra de galhos. Saiu da trilha e colou o corpo num pé de faia.

Momentos depois, a égua líder surgiu à vista. Sua cabeça estava erguida, o rabo flutuando. Passou velozmente e a manada correu atrás dela, um reluzente rio negro de pescoços tensos e ancas poderosas.

Assim que passaram, Torak deu um relincho penetrante.

Ele ouviu o bater de carne de cavalo contra carne de cavalo, quando eles escorregaram uns contra os outros; então captou um relincho em resposta.

Torak foi para a trilha e esperou.

Samambaias agitaram-se. Ele ouviu um bufo. Um pisotear. Uma lustrosa cabeça negra irrompeu do meio delas.

A égua líder parou a vinte passos de distância dele. Seus flancos latejavam, as narinas tremulavam.

Ele rinchou para tranquilizá-la.

Ela agitou a cabeça.

Num tom de voz baixo e delicado, ele começou a falar.

— Você sentiu meu cheiro antes, lembra-se? Eu ajudei um potro a voltar para a manada. Você sabe que não pretendo fazer mal.

As orelhas dela giraram para captar sua voz, mas a manada permanecia altamente nervosa, e a égua balançou o traseiro na direção dele. *Fique longe. Eu escoiceio.*

Lentamente, ele caminhou na direção dela, falando, sem tirar os olhos do rosto dela, procurando não assustá-la com um olhar direto.

Vapor ergueu-se de seus flancos. Seus grandes olhos escuros estavam dilatados, porém não mais orlados de branco. Por um instante, Torak fez contato visual com ela, e uma torrente de entendimento fluiu entre eles. As almas de Torak tinham se escondido na medula dela. Ele sabia o que era ser cavalo. E ela sabia que ele sabia.

— Eu sei — disse ele, aproximando-se. — Eu sei.

Ela afastou-se para o lado e sacudiu o rabo. Nenhum homem jamais havia chegado tão perto.

Ele sentiu o calor de seus flancos. Curvou-se e cheirou suas narinas, como vira cavalos fazerem para cumprimentar outro, e ela deixou, seu bafo cheirando a grama esquentando o rosto dele. Pousando a mão levemente sobre seu flanco, ele comprimiu o polegar com os dedos e coçou sua pelagem suada, imitando o mordiscar de saudação de um cavalo.

Um tremor agitou-a da cernelha ao rabo, e ela emitiu uma bufada de prazer.

— Eu sou seu amigo — disse-lhe. — Você sabe disso, não?

Ainda dando as mordiscadas com os dedos, ele foi até o pescoço, e ela virou a cabeça e delicadamente mordiscou seu ombro, retribuindo a saudação.

A mão dele baixou até a cernelha e agarrou um punhado de crina.

Então Torak fez o que ninguém em nenhum dos clãs tinha feito antes.

Pulou para suas costas.

TRINTA E TRÊS

A égua soltou um guincho ultrajado e fez o possível para derrubar Torak. Ele se agarrou à crina e enganchou as pernas em sua barriga.

Ela empinou – talvez *isso* a livrasse daquela carga indesejada –, mas ele se jogou para a frente e pressionou as coxas contra ela.

A égua partiu num galope, quase deslocando os braços dele das juntas. Torak deslizou pelas suas largas e escorregadias costas, apenas para se manter em cima.

Ela partiu em direção a galho baixo. Ele se curvou. Gravetos arranharam suas costas. Permaneceu abaixado para o caso de ela tentar aquilo novamente.

Penetraram ruidosamente em moitas, e a manada – apavorada por causa do pânico da líder – galopou rumorosamente atrás dela. Por entre as árvores, Torak avistou o rio. A égua seguia rio acima, na direção do vale onde se sentia segura.

O pelo dela era áspero contra seu rosto, e, ao cheirar seu suor equino e ouvir a respiração cortando seu peito, ele sentiu uma pontada de culpa. Ela era sua amiga e ele a assustara. Que pena. Nada importava, exceto salvar Renn.

Sem aviso, os quartos dianteiros da égua ergueram-se, sua cernelha pressionando os ossos malares de Torak e, por um momento, eles voaram por cima de uma árvore tombada. Então a égua caiu na terra com um ruído surdo, Torak batendo novamente a face nas costas do animal.

Vendo estrelas, lutou para ficar na posição vertical, enquanto seguiam velozes em direção ao brilho de uma fogueira, para o coração do acampamento da Floresta Profunda. Pisando baldes e peles de cozinhar, a manada galopou pelo meio das árvores encarnadas, enquanto, em volta dela, as pessoas corriam boquiabertas, agarrando crianças e ficando abismadas diante de Torak.

Ele gritou por cima do ombro:

— O Mago de vocês é um Devorador de Almas disfarçado! Vão ao bosque sagrado e vejam por si mesmos! — Em pouco tempo o acampamento ficou para trás e eles correram colina acima em direção ao cume.

Só então Torak deu-se conta de que ninguém havia disparado contra ele. Nenhuma flecha, nenhum dardo envenenado. Não ousaram correr o risco de machucar a manada sagrada. Sua bolsa de remédios batia contra a coxa e, sem saber por quê, ele agradeceu ao espírito de sua mãe por mantê-lo seguro.

Outra árvore caída correu na direção deles e Torak se jogou contra o pescoço da égua pouco antes de ela saltar. Respingos de lama atingiram seu rosto quando ela aterrissou num brejo, afundando até os jarretes. Ela pelejou para se libertar e ele abaixou-se para ajudá-la. Os quartos traseiros deram uma tremenda erguida e eles desatolaram, afugentando tetrazes do meio dos juncos num gorgolejante alvoroço.

A lua afundava no horizonte, as sombras lançavam-se da Floresta à medida que se arremessavam em direção ao Rio Sinuoso. Torak percebeu que estavam mais a leste do que a trilha que ele havia tomado antes; esse caminho era mais íngreme, mais exuberante. A égua esperta conhecia um atalho para seu vale.

Galhos arrancavam seus cabelos, brotos de abrunheiro voavam como neve. De repente, a égua deu um solavanco e partiu num trote, então parou completamente, jogou a cabeça para baixo e quase o atirou por cima de sua cernelha. Atrás dela, a manada se atropelou, sacudiu-se e começou a pastar.

— Não! — ofegou Torak, batendo com as pernas e socando seu pescoço. — Não pare, ainda não chegamos! — Era inútil. A égua mal sentia aquilo. Como ele continuasse socando-a, ela bateu as patas e impulsionou o rabo, atingindo-o dolorosamente na face. Ela agora estava em seu território, e não seria intimidada.

Não por Torak.

Um grasnido familiar acima, e Rip e Rek mergulharam no ar, suas garras quase arranhando a anca da égua, antes de esvoaçarem em direção ao céu.

Assustada, ela deu um tranco com a cabeça e, atrás, a manada bufou alarmada.

Novamente os corvos mergulharam. A égua andou de lado, mostrando o branco dos olhos. Torak, porém, se deu conta de que não eram apenas os corvos. Ela sentira um cheiro que temia.

Novamente, saiu a meio-galope. De novo, eles corriam ruidosamente através dos salgueiros. A égua estava cansada, e Torak também. Seus membros doíam, e ele cavalgava em meio a um borrão de galhos pretos e asas de corvos.

O Rio Sinuoso sumiu debaixo da terra, e salgueiros deram lugar a abetos. No leste, Torak avistou uma nesga vermelha de alvorada, arroxeada como um ferimento.

O tropel da égua soava alto ao penetrarem nos pés de azevinho, e Torak sentiu o poder de Thiazzi rodopiar à sua volta. A égua não gostava dos azevinhos. Mas, fosse o que fosse que a tivesse assustado, ainda a impelia adiante.

Ela farejou o fogo antes dele. Então Torak viu: fumaça preta furando o céu sangrento. O medo começou a endurecer sua barriga. Teria chegado tarde demais?

Ele colocou a mão sobre a bolsa em seu cinto e sentiu o chifre de remédios. Não lhe restava fôlego para uma oração em voz alta mas, em seu coração, rezou para sua mãe salvar Renn. Rezou para o Espírito do Mundo. Ele chamou Lobo.

À medida que trotava atrás dos cavalos com Pelo-Escuro, Lobo sentiu que sua caçada estava mudando de propósito, embora não soubesse qual ele seria.

Diminuiu para um passo rápido, e Pelo-Escuro também reduziu a velocidade. Ele empinou as orelhas. No vento, captou um leve e agudo lamento: mais agudo do que o mais agudo ganido de lobo ou do mais pronunciado guincho de morcego.

Pelo-Escuro também ouviu, mas não o reconheceu. Lobo sim. Era o uivo do osso de veado que Alto Sem-Rabo carregava em seu flanco. O osso de veado que costumava ficar silencioso, mas que agora cantava.

Com ele, Lobo captou outro som, mas esse era um som que Pelo-Escuro não conseguia ouvir, pois estava dentro da cabeça de Lobo. Era Alto Sem-Rabo uivando para ele; do mesmo modo como Lobo, muito tempo atrás, havia uivado para a cabeça de Alto Sem-Rabo, naquela terrível ocasião quando os sem-rabo malvados o tinham prendido no Covil de pedra. *Irmão de alcateia! Venha para mim! A irmã de alcateia está em perigo!*

Um focinho frio cutucou o flanco de Lobo. Pelo-Escuro estava intrigada. *Por que reduziu a velocidade?*

Lobo não sabia o que fazer. *Ele não é lobo*, disse a ela.

O olhar de Pelo-Escuro tornou-se severo. *Vocês são irmãos de alcateia. Um lobo não abandona seu irmão de alcateia.*

Lobo parou tristemente na trilha, ouvindo o uivo em sua cabeça, enquanto o Grande Olho Brilhante observava acima das Montanhas, e o cheiro da Brilhante Bicho-que-Morde-Quente voava no vento na direção dele.

TRINTA E QUATRO

O fedor de carne queimada deixava Renn enjoada.

A próxima é você, dissera-lhe Thiazzi. Ela não emitira qualquer som, mas, mesmo assim, ele tinha rido dela.

Após o pesadelo da viagem de canoa, ele a pendurara no ombro e saíra caminhando pela Floresta. Ela balançara como um saco, o rosto batendo nas costas dele a cada passo.

Percebera de imediato quando chegaram ao bosque sagrado, porque as árvores ficaram intensamente atentas. Elas observaram, mas não ajudaram. Para elas, Renn era tão insignificante quanto pó.

O Devorador de Almas a carregara através de uma parede de espinhos e mais além das brasas de uma grande fogueira redonda. Ele escalou o tronco de um pinheiro entalhado com apoios para os pés e que ficava escorado em uma enorme árvore. Renn tinha visto casca pelada e captara o cheiro de teixo. Ela tentara não pensar em seu arco. Em seguida, Thiazzi afastou galhos para os lados, largou-a, e ela caiu no cavernoso coração do Grande Teixo.

Seus punhos e tornozelos latejavam; seus ombros doíam pela imobilização demorada. A boca doía por causa da mordaça, mas não conseguia mordê-la porque Thiazzi a amarrara muito apertada. Pior de tudo, ela pousara com a perna esquerda torcida debaixo do corpo e, sempre que se mexia, a dor subia-lhe até o joelho.

Durante toda a interminável noite, ela se aninhara na escuridão, ouvindo sua respiração em pânico. Para manter a coragem, dizia a si mesma que, lá em cima, em algum lugar, a lua cheia brilhava. Então lhe ocorreu que, em pouco tempo, a força da lua minguaria, quando o urso do céu a apanhasse e começasse a se alimentar.

Pela primeira vez em sua vida, ela nada tinha a desejar. Não podia querer que Torak viesse, pois Thiazzi o mataria. Mas, se ele não viesse, Thiazzi a mataria.

Em volta dela erguiam-se os sombrios flancos do Grande Teixo: rachados, escamosos, aterradoramente vivos. Ela mudou de posição para aliviar os membros com cãibras, esmagando fezes de corujas e ossos debaixo do corpo, alguns grandes, outros quebradiços e delicados como geada. Pensou: estou deitada nos restos de milhares de invernos.

Bem acima, inalcançavelmente distante, uma nesga de céu sangrava lentamente, indo de cinzento para vermelho, e uma última estrela brilhava. Esticou o pescoço para vê-la, e, pelo seu joelho, uma aranha correu para a segurança. Renn desejou que ela voltasse. Não queria ficar sozinha.

Ansiou pelo seu arco. Durante muitos verões, ele fizera parte dela, um amigo silencioso que nunca a decepcionara. Em sua cabeça, ouviu novamente aquele terrível estalo.

Agora ela nada tinha. Nenhuma faca, nenhuma machadinha, nenhum chifre de remédios. Nenhum apito para chamar Lobo, nenhum meio de chamar Rip e Rek. Morreria ali, sozinha. E ninguém a vingaria.

Ela se chocou contra o teixo e algo cutucou seu antebraço. Era sua pulseira protetora. Pelo menos, pensou, ainda tenho isso.

Era de diorito polido, muito lisa e bonita. Fin-Kedinn fizera para ela, quando a ensinara a disparar flechas. Pensar nele foi como um clarão de luz na escuridão. Ela não morreria sem ser vingada. Fin-Kedinn descobriria e, então, Thiazzi que se cuidasse. Quando o Líder Corvo se zangava, era pior do que qualquer Devorador de Almas. Renn imaginou as linhas do rosto de seu tio se endurecerem como arenito esculpido; seu intenso olhar azul congelante. Sentou-se ereta.

Fin-Kedinn dizia que a posse mais preciosa de um caçador não era seu trisca-fogo ou suas armas: era o conhecimento que carregava na cabeça.

Pense, Renn disse a si mesma. Pense.

O cheiro de fumaça fazia sua cabeça latejar. Era difícil ordenar os pensamentos.

A fumaça.

Não vinha de cima; aquela nesga de céu estava limpa. Mas tinha de estar vindo de algum lugar.

Após um doloroso circuito pelo teixo, ela descobriu várias fendas: nenhuma mais larga do que um dedo, mas, pelo menos, ela podia ver o que estava acontecendo.

Essa pequena vitória da razão sobre o medo fez com que ela se sentisse um pouco melhor. Pondo-se desajeitadamente de pé e tentando usar mais a perna boa, saltitou até a fenda mais larga e bisbilhotou através dela.

Viu a fogueira com sua terrível oferenda. Atrás dela, muito próximo, o tronco de um enorme carvalho. Rostos de casca de árvore a olhavam de esguelha, mas os galhos eram secos e nus.

O coração de Renn deu um salto. Diante do carvalho, estava a escada de pinheiro. Thiazzi não a deixara contra o teixo, como ela pensara. Portanto, mesmo se, por um milagre, ela conseguisse libertar as mãos e os tornozelos e subisse até a nesga de céu, provavelmente quebraria o pescoço na tentativa de descer.

E, mesmo se não quebrasse... Mais além do carvalho, ficava a parede de espinhos: ramos de junípero empilhados até a altura do peito, cercando a fogueira e as árvores sagradas. Thiazzi havia fechado o círculo quando a carregara para dentro. Se não viesse alguém, não conseguiriam alcançá-la; e ela não conseguiria sair.

Ao observar pela fenda, uma sombra atravessou seu olhar. Ela recuou e caiu, batendo o joelho e gritando de dor.

Thiazzi gargalhou.

— Não vai demorar muito.

Inflexivelmente, ela lutou para voltar à fenda.

O Mago Carvalho entrava e saía de vista, à medida que circundava a fogueira. Ainda usava o manto de folhas, mas o capuz estava caído para trás, para deixar solto seu comprido cabelo e, no peito, usava a coroa de bolotas de carvalho e visco de seu clã. As bagas eram de um branco fosco de olhos cegos. Aninhada entre elas, Renn avistou uma bolsinha preta.

A opala de fogo.

Ela percebeu que Thiazzi sentia seu olhar sobre ele e deleitava-se com isso, mas não conseguia se afastar dali. Observou-o alimentar o fogo com mais galhos. Olhou para a carne queimada que pendia de uma estaca.

Forçou a vista para cima. A estrela tinha se apagado. *Aqui não tem ajuda para você*, escarneceu o céu vazio.

A mente dela correu como uma aranha. Onde estão Rip e Rek? E Lobo? E Torak?

Não. *Não* reze para ele vir, pois é isso que Thiazzi quer. Você é a isca. Se ele vier, você terá de vê-lo morrer.

E Thiazzi vencerá, ela não tinha dúvida disso. Ele era o homem mais forte da Floresta e tinha a astúcia de um Mago.

O latejar em sua cabeça piorou. Com um tranco, ela deu-se conta de que não conseguia mais enxergar suas botas. A fumaça infiltrava-se pelas fendas, concentrando-se em volta de seus tornozelos.

Seus olhos começaram a arder. Ela tentou tossir, mas só conseguiu um chiado surdo através da mordaça.

— Não vai demorar muito — repetiu Thiazzi.

Novamente, ela olhou pela fenda. O Mago Carvalho, com as pernas cruzadas, jogava um chicote de couro cru de uma palma para outra. Suas duras feições estavam tensas com a antecipação. O que ele tinha escutado que ela não ouvira?

O ruído em sua cabeça ficou mais alto.

Não era em sua cabeça, era lá fora, mais além do anel de espinhos. Era o martelar de cascos de cavalos.

TRINTA E CINCO

Os cascos retumbantes se aproximaram mais e Renn pressionou o rosto contra a fenda, forçando-se a enxergar.

Uma sombra surgiu no canto de seu olho; em seguida, um cavalo negro voou sobre os espinhos, com Torak – sim, *Torak* – em suas costas. Com uma das mãos, segurava a crina do cavalo; com a outra, sua faca de ardósia azul. Os cabelos negros voando, e o rosto grave e concentrado em Thiazzi.

Os cascos da égua atingiram o chão, levantando jorros de cinzas, mas Torak segurou firme, os olhos sem jamais deixarem o Mago Carvalho – que permanecia calado, batendo o chicote na coxa.

A égua bufou e sacudiu a cabeça. Torak saltou de suas costas, cambaleou, mas logo se firmou. A égua balançou o rabo, saltou novamente sobre os espinhos, e seu tropel diminuiu até desaparecer.

Renn ouviu a fogueira crepitar e as cinzas voltarem ao chão. Pressionou a face na madeira. *Não, Torak, ele vai matar você*, quis gritar.

Com uma calma despreocupação, Thiazzi despiu o manto. Embaixo dele, usava as peles de muitos caçadores – raposa, lince, carcaju, urso – e a força deles era sua também. Do cinto, pendia sua pesada faca, a bainha manchada de um vermelho embaciado de muitas matanças. Ele era invencível: não era mais uma criatura de folhas e casca de árvore, não era mais *da* Floresta, mas sim seu governante.

Torak continuou olhando-o com firmeza.

– Onde está ela? – gritou.

– Onde está ela? – ofegou Torak. Ele estava exausto. Suas pernas tremiam. Era difícil se manter de pé.

O Mago Carvalho o encarou através da fumaça: enorme, silencioso, no controle. Torak não conseguia ver qualquer sinal de Renn. Apenas a escada de tronco de pinheiro apoiada no seco carvalho, e o horror na estaca.

– Era isso que você queria, não era? – bradou Torak. – Você me queria. Pois bem, aqui estou! Deixe-a ir embora!

– E o que *você* quer, Espírito Errante? – perguntou Thiazzi. – Vingança pela morte de seu parente? Bem, aqui estou *eu*. Você terá apenas que vir me pegar, e seu juramento estará cumprido. – Mostrando os dentes amarelos, ele abriu os braços, exibindo o espantoso poder de seus ombros e de seu peito.

Torak hesitou.

– Se você ao menos arranhar a minha mão, Espírito Errante, a garota Corvo morre. Mas, se você se entregar ao meu poder, ela ficará livre.

O fogo sibilou. Os pés de azevinho, o Grande Carvalho e o Grande Teixo, todos ficaram à espera para ver o que Torak faria.

Sem desviar a vista de Thiazzi, ele soltou a aljava e o arco, pôs os braços para trás e os jogou por cima dos espinhos. Sua machadinha foi em seguida. Por último, sopesou a faca de ardósia que fora de seu pai e jogou-a na direção deles.

Sem armas, ele encarou o Devorador de Almas através do tremulante calor.

— Eu renuncio à minha vingança — disse ele. — Quebro meu juramento. Leve-me. Deixe-a viver.

TRINTA E SEIS

— Deixe-a viver — repetiu Torak, mas sua voz declinara para um sussurro suplicante. O temor o dominou. Talvez Renn já estivesse morta.

Thiazzi percebeu isso em seu rosto e torceu os lábios.

— Tudo isso para nada, Perjuro. Você nunca mais verá sua garota.

Por um instante, Torak desesperou-se.

Então, claramente, ele se lembrou de Renn parada na boca da caverna, disparando suas últimas flechas no urso demônio. Ela sabia que não podia vencer, mas continuou lutando.

Ele ergueu a cabeça.

— Não acredito em você.

O chicote do Devorador de Almas estalou, soltando uma chuva de faíscas da fogueira.

— Acabou-se, Espírito Errante. Contra mim você não tem nenhum poder.

— Ainda não morri — disse Torak.

Thiazzi sacou a faca e foi na direção dele.

Torak o rodeou para escapar do alcance da arma.

O Mago Carvalho gargalhou.

— Vou arrancar sua espinha. Vou esmagar seu crânio debaixo do meu calcanhar até seus olhos estourarem. Nunca mais um Espírito Errante vai zunir à minha volta como um mosquito ronda um bisão. Eu sou o Mago Carvalho! *Eu* governo a Floresta! — Espuma voava de seus lábios. Sua voz ecoou nas pedras.

Em algum lugar, um lobo uivou. Dois uivos curtos. *Onde... está você?*

Torak uivou em resposta. *Estou aqui. Onde está a irmã de alcateia?*

Mas Lobo não sabia.

Rosnando, Thiazzi sacudiu o punho com três dedos.

— Seu Lobo, certa vez, tirou um pedaço de mim, mas isso não acontecerá novamente! — Embainhando a faca, ele tirou um tição da fogueira e jogou-o no anel de espinhos. O junípero acendeu-se com um uish e tornou-se uma parede de chamas. Thiazzi estava exultante. — Até mesmo o fogo faz o que eu quero!

Mais além da parede de fogo, Torak ouviu um chacoalhar de seixos, seguido por rosnados furiosos e um latido que terminou num ganido. As chamas eram altas demais. Torak latiu um alerta. *Afaste-se! Não pode me ajudar!*

Pôs a mão na sua bolsa de remédios — a bolsa de pé de cisne que Renn lhe dera.

— Renn! — gritou. — Renn, onde você *está*?

Torak gritava o nome dela, mas Renn conseguiu apenas emitir um guincho que terminou numa tosse. O Grande Teixo estava cheio de fumaça. Se ela não fizesse algo depressa, aquela se tornaria a sua sepultura.

Mesmo assim, ela não conseguia se afastar da fenda. Achava que, observando, ela manteria Torak vivo; se afastasse a vista, Thiazzi o mataria.

Estúpida, estúpida, disse a si mesma. Mas continuava olhando, enquanto Torak circundava a fogueira e Thiazzi ia atrás dele: lentamente, estalando seu chicote, brincando com sua presa como um lince brinca com um lemingue. Torak estava exausto. Seu cabelo pegajoso pelo suor e ele caminhava aos tropeções. Não ia durar muito.

Com um tremendo esforço, Renn afastou a vista. Arrastando-se para trás, suas botas carregaram folhas decompostas e ossos, inúteis ossos esfarelentos. Ela caiu, sobre as mãos, machucando as palmas. Era inútil.

Uma quentura escorregou entre os dedos. Girou, mas não conseguiu ir longe o bastante para ver.

Tinha cortado a mão num osso ou numa raiz. Se conseguisse encontrar o que a ferira novamente...

A fumaça era muito espessa. Não conseguia respirar, nem enxergar. Tateou atrás de si. Onde *estava* aquilo?

Ali. Uma extremidade fina, denteada. Certamente não era sílex. Fosse o que fosse, parecia estar entalado inabalavelmente no teixo.

Arrastando-se para mais perto, ela começou a cortar as amarras em volta dos pulsos.

Os sons que vinham lá de fora eram abafados e remotos. Aquilo foi um uivo de lobo? Um crocitar de corvo? Em meio à sua áspera respiração, ela captava os tons zombeteiros de Thiazzi, mas nada de Torak.

Continuou cortando a corda.

Os corvos giraram e crocitaram e, por um momento, Thiazzi olhou para cima. Torak aproveitou a chance, pegou um galho da fogueira e atacou.

O Mago Carvalho esquivou-se facilmente, e Torak viu que aquele galho não estava queimando; era um toco cinzento sem vida.

— Não pode usar o fogo contra mim — escarneceu Thiazzi. — Eu sou o Senhor da Floresta *e* do fogo!

Como que em resposta, uma lufada de vento agitou as árvores, ofuscando Torak com fumaça.

Novamente Rip mergulhou. O chicote de Thiazzi pegou sua asa, e, embora a ave voasse para o alto em segurança, uma pena preta flutuou até as cinzas.

A fumaça fez Torak tossir. Ele estacou, tossindo.

Thiazzi percebeu sua hesitação, e seus olhos brilharam de maldade.

— O fogo não é capaz de *me* machucar, mas bastará apenas fumaça para matar a sua garota!

Loucamente, Torak lançou-lhe um olhar. De onde vinha a tosse? Mas o vento estava mais forte, e ele não sabia dizer.

Thiazzi olhou de relance para o Grande Carvalho.

Claro. A escada. O carvalho deve ser oco. *Renn estava dentro do carvalho.*

Contornando a fogueira, Torak aproximou-se — e correu para a escada.

Para sua surpresa, o Mago Carvalho apenas olhou. Quando Torak estava na metade da subida, ele berrou:

— Você não é tão esperto quanto pensa que é, Espírito Errante. Agora fiz você subir numa árvore, como um esquilo, enquanto ela morre sufocada.

Torak apertou bem forte a escada. Thiazzi o tinha enganado. A tosse não estava mais alta, estava mais fraca. Não vinha do carvalho, mas do teixo.

Tremendo, ele enxugou o suor do rosto.

— Não espere tempo demais — ofegou, numa desesperada manifestação de desafio. — Os clãs estão a caminho... E você está sem a máscara. Eles o verão como realmente é.

— Então me apressarei — disse Thiazzi. Caminhando até o pé da escada, ele começou a subir.

TRINTA E SETE

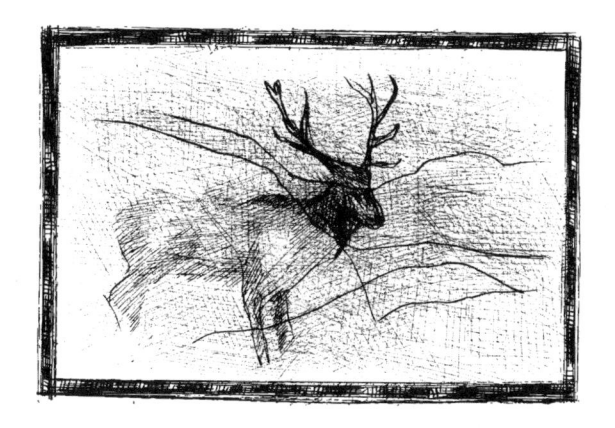

As amarras do pulso romperam-se. Renn baixou a mordaça para o queixo, engoliu bastante fumaça e tossiu até sentir ânsias de vômito. Nervosamente, cortou as amarras dos tornozelos, lutou para se pôr de pé e saltou até a fenda.

Não conseguiu enxergar por causa da fumaça; não conseguiu ouvir Lobo ou os corvos – e nem Torak. Não pense nisso. Saia, saia!

Tateando através da névoa, ela procurou apoios para os pés e para as mãos, qualquer coisa que a ajudasse a subir. Seus dedos encontraram algo acima de sua cabeça. Parecia um pino. Não podia ser. Era. Balançou-se para cima, seu pé bom arrastando-se atrás de um apoio. Encontrou um corte profundo o bastante para seus polegares. A mão livre unhou a madeira. *Outro* pino. Alguém os tinha martelado ali, alguém mais alto, e ela teve de se esticar para alcançá-lo; e o teixo parecia ajudá-la, levando-a de pino a pino. Ou talvez quisesse apenas que ela fosse embora.

A parte de cima foi a mais difícil, pois os pinos acabaram e a borda estava podre. Agarrando um galho, ela se içou e ficou pendurada, metade para dentro, metade para fora. Arranhou os dedos até ficarem em carne viva, e um galho quebrado cutucava sua barriga, mas agora estava livre da fumaça, engolindo o fresco bafo verde da Floresta.

Estava vertiginosamente nas alturas. Não havia galhos abaixo e se encontrava alto demais para saltar. Tentando não bater o joelho, empurrou galhos para os lados. Eles voltaram ao lugar em frente ao seu rosto, como se dissessem, *Nós já a ajudamos uma vez, não force sua sorte.* Então ela avistou Torak.

Ele estava quase no mesmo nível que ela, tendo deixado o topo da escada e subido para um dos braços estendidos do carvalho. Ele não a viu, pois se esforçava para empurrar a escada para longe, enquanto Thiazzi subia por ela, segurando firme igualmente a escada e a árvore.

Era uma batalha que Torak não podia vencer. Renn observou impotente enquanto Thiazzi se arrastava para um galho, e alcançava o outro lado do tronco da árvore. Torak esquivou-se – e avistou Renn. Sua boca formou o nome dela, ao se dar conta de seu apuro: preso, sem poder descer. Thiazzi disparou para o outro lado, para agarrá-lo. Torak esquivou-se, segurou a escada e empurrou-a. Renn viu o tronco de pinheiro pender na direção dela e se chocar ruidosamente com o teixo, atingindo-o na metade da subida. Torak lhe dera um meio de descer.

Isso quase lhe custara a vida. Quando ele alcançou o galho seguinte, Thiazzi arremeteu. Torak balançou-se para fora do caminho um instante tarde demais, e a lâmina de Thiazzi atingiu sua coxa. Rosnando de dor, ele pisou no pulso de Thiazzi e fez a faca voar.

Uma vitória vazia. Renn podia perceber que ele não tinha chance. O Devorador de Almas não precisava de armas; escalaria a árvore atrás de Torak até chegar ao galho mais alto, e então...

Ela desviou a vista. De onde estava, não podia ajudá-lo; tinha de descer.

A escada de tronco de pinheiro estava muito abaixo; Renn teria de pular até ela. Escorregando, desceu pela beira até ficar pendurada pelas mãos, e soltou-as. O pinheiro estremeceu quando ela o atingiu com o pé bom, mas aguentou. Ela não se importou com os entalhes; simplesmente deslizou, esfolando as mãos e pousando em meio à agonia do joelho machucado. Quando olhou, Torak tinha sumido.

Não – lá estava ele, pendurado no afilado tronco do carvalho. O Devorador de Almas estava alcançando-o. Renn viu Thiazzi se esticar para agarrar a perna de Torak. Errou por um dedo. Torak estava quase perto da coroa, onde a árvore se ramificava pela última vez. Renn viu o escuro contra o céu tempestuoso, girando a cabeça, pensando no que fazer. Ela imaginou o Mago Carvalho agarrando-o pelo tornozelo e jogando-o aos gritos para a morte.

Trincando os dentes, rastejou na direção da fogueira, puxando a perna machucada. Agarrou um nó-de-pinho cheio de resina, pegando fogo. Rastejou na direção do carvalho.

– Torak! – Sua voz saiu como um arfar agudo. – *Torak!* – gritou. – *Pegue!*

A cabeça dele girou rapidamente.

Ajoelhando-se sobre a perna boa, Renn recuou o braço para fazer pontaria. Aquele teria de ser o melhor arremesso de sua vida.

O tição girou no ar em meio a uma nuvem de faíscas – e Torak o apanhou.

Pendurando-se com a mão livre, açoitou Thiazzi. O Devorador de Almas esquivou-se para trás do tronco do carvalho – fez a volta – e teria agarrado o pé de Torak se a coroa que simbolizava seu clã não tivesse se prendido num galho, lançando-o para trás. Ele a arrancou, fazendo chover bolotas e visco, mas apertou a bolsa com a opala de fogo contra o peito.

Isso deu a Torak um momento para subir mais alto. Alcançou a coroa e seguiu para o galho mais robusto. Este se curvou debaixo dele. Torak golpeou o ar com o tição. O Mago Carvalho atingiu-o com o punho, quase quebrando o pulso de Torak e fazendo o tição voar longe. O tempo parou enquanto Torak observava sua última chance rodopiar numa trilha de faíscas e bater com um som surdo no chão.

Thiazzi exultou.

— *Eu sou o Senhor!* — rugiu.

Enquanto, porém, urrava seu triunfo, o bafo da Floresta soprou uma faísca no seu emaranhado cabelo e Torak viu-a se agarrar a ele. O Mago Carvalho não percebeu.

Desesperadamente, Torak tentou distraí-lo.

— Você nunca será Senhor — escarneceu. — Mesmo se me matar, nunca terá o que quer!

— E o que seria isso? — desdenhou o Mago Carvalho, subindo mais.

— O que o levou a matar o meu parente: a opala de fogo.

— Mas eu a tenho! — Regozijando-se, ele brandiu a bolsa.

Um raio de penas negras disparou do céu e Rek tentou pegar a bolsa, mas Thiazzi afastou-a com uma varrida de seu braço.

A gargalhada congelou-se em seus lábios quando uma sombra deslizou sobre ele. O bufo-real ceifou o ar com asas silenciosas, moveu as garras para frente e arrancou a bolsa de sua mão. Uivando em fúria, Thiazzi tentou alcançá-lo, mas ele havia sumido, varando seu caminho em direção às Montanhas Altas.

Agora o uivo de Thiazzi tornou-se um grito, pois o fogo tinha tomado conta de seu cabelo e estava faminto. Golpeando a juba, a barba e as roupas, ele vacilou — perdeu o equilíbrio — e despencou.

Do alto do carvalho, Torak viu o Devorador de Almas caído sem vida sobre as raízes. Viu uma multidão de caçadores da Floresta Profunda emergir dos azevinhos, romper o círculo de espinhos, e circundar o cadáver. Então as nuvens estouraram e a chuva desabou, encharcando as chamas e enviando acima colunas de acre fumaça; e a Floresta deu um enorme e estremecedor suspiro, por ter-se purgado da maldade que ameaçara seu coração verde.

Escorria chuva pelo rosto de Torak enquanto ele descia para um lugar seguro, mas mal se dava conta disso. Tremia de fadiga, mas se sentia estranhamente entorpecido. Não conseguia nem mesmo sentir o ferimento em sua coxa.

Saltando para o chão, cambaleou até Renn, que estava caída perto dos restos da fogueira. Ajoelhando-se a seu lado, segurou os ombros dela.

— Você está ferida? Ele machucou você?

Ela sacudiu a cabeça, mas parecia branca como um osso, e seus olhos estavam sombreados por uma escuridão que Thiazzi havia criado. Abriu a boca para dizer alguma coisa; então seu rosto se alterou e ela o torceu e o afastou dele. Sua nuca era macia e indefesa. Ele a envolveu com os braços e puxou-a para perto.

Ao se abraçarem, o chifre de remédios na coxa dele começou a zunir. Erguendo a cabeça, Torak viu Lobo parado entre o Grande Teixo e o Grande Carvalho, os olhos brilhando com a luz âmbar do guia. *Cuidado*, disse para Torak. *Vem vindo...*

Do nada, uma violenta ventania varreu o bosque sagrado, agitando galhos, mas sem fazer ruído. O sol rasgou as nuvens, as grandes árvores luziram um tamanho verde que doía olhá-las, mas Torak não conseguia desviar a vista. O zumbido do chifre soava bem fundo dentro dele, vibrando através dos ossos. O mundo estilhaçou-se e dissolveu-se. Ele não conseguia ouvir o chiado das brasas ou o silvo da chuva. Não conseguia perceber o cheiro da fumaça, nem sentir Renn em seus braços.

Na névoa acumulada entre o carvalho e o teixo encontrava-se um homem alto. Seu rosto estava escuro contra o céu ofuscante, e seu longo cabelo flutuava ao vento mudo. De sua cabeça erguia-se a galhada de um veado.

Com um grito, Torak cobriu os olhos com a mão.

Quando ousou olhar novamente, a visão tinha sumido, e ali estava Lobo, seu irmão de alcateia, balançando o rabo e saltando em sua direção em meio à chuva.

TRINTA E OITO

Quando despertou, Torak não sabia onde se encontrava. Estava deitado debaixo de um manto de cálida pele de lebre. Luz solar verde brilhava através de um telhado de ramos de abeto. Sentiu cheiro de fumaça de madeira queimada e ouviu os sons de um acampamento: o crepitar de uma fogueira e os breves ruidosos rangidos de alguém amolando uma faca.

Então tudo começou a voltar. Ajoelhado com Renn no bosque sagrado. Os clãs da Floresta Profunda se aglomerando em volta; alguém pressionando sua faca em suas mãos. A viagem até o acampamento, a pé e numa canoa de tronco. Uma mulher costurando o ferimento em sua coxa, outras aplicando cataplasma no joelho de Renn. Uma bebida adocicada que o deixou sonolento, então... nada.

Fechando os olhos, ele enrolou o corpo como uma bola. Sentiu uma leve dor em seu peito, como se algo tentasse sair, e uma sensação de apreensão corroeu-lhe por dentro. Thiazzi estava morto, mas

Eostra tinha a opala de fogo. E ele e Renn estavam à mercê dos clãs da Floresta Profunda.

Quando emergiu do abrigo, ele encontrou uma multidão esperando-o. As pessoas se curvaram bem baixo, ao cumprimentá-lo. Ele não se curvou em resposta. Dois dias antes, aquelas pessoas haviam ladrado pelo seu sangue.

Para sua surpresa, avistou Durrain e os Veados-Vermelhos entre eles, com alguns dos Clãs do Salgueiro e do Javali, mas nenhum Corvo. Onde estava Renn? Ia perguntar, quando a Líder Cavalo da Floresta fez uma reverência ainda mais baixa, convidou-o a ir até a árvore e ficou à espera.

À espera de quê?, perguntou-se. Em volta dele, os clãs da Floresta Profunda olhavam-no num enervante silêncio.

Foi um enorme alívio ver Renn, de muletas, coxeando na direção dele.

— Você sabia — disse ela a meia-voz — que dormiu todo um dia e uma noite? Precisei cutucar você, para me certificar de que ainda estava vivo. — Sua voz era animada, mas ele percebeu que havia algo de errado, embora ela ainda não estivesse pronta para lhe contar.

— Todos me fazem uma reverência — disse ele, baixinho.

— Não há nada que possa fazer a respeito — rebateu ela. — Você montou na égua sagrada e combateu o Devorador de Almas. E o Grande Carvalho está se cobrindo de folhas. Dizem que você fez isso acontecer.

Ele não queria falar disso, portanto, perguntou pelo joelho dela, e Renn deu de ombros e disse que poderia ter sido pior. Perguntou por que Durrain estava ali, e ela lhe disse que os clãs da Floresta Profunda haviam rejeitado o Caminho do mesmo modo impetuoso com o qual o adotaram, e que não mais escarneciam dos Veados-Vermelhos, que jamais o tinham seguido.

— E os Auroques estão tão envergonhados por terem sido ludibriados por um Devorador de Almas que pretendem se castigar com mais cicatrizes ainda. E ninguém vai atacar a Floresta Aberta.

— É por isso que os Javalis e os Salgueiros estão aqui também?

Os ombros dela se ergueram e ela espetou a terra com a muleta.

— Fin-Kedinn os mandou — disse ela, com uma voz tensa. — Foi uma luta para ele impedir que Gaup e seu clã atacassem, mas, no final, foram convencidos a mandar apenas seu Líder: para conversar, e não para lutar. Os Salgueiros e os Javalis vieram com ele como apoio.

— E Fin-Kedinn? — indagou Torak rapidamente.

Ela mordeu o lábio.

— Febre. Estava doente demais para vir. Isso foi dias atrás. Desde então, não se soube de mais nada.

Nada havia que ele pudesse dizer para tornar aquilo melhor, mas estava para tentar quando a multidão se dividiu e dois caçadores Auroques se aproximaram, arrastando no meio deles a mulher de cabelos cor de cinza.

Largaram-na e ela ficou balançando-se, olhando atentamente para Torak com seus olhos sem pestanas.

A Líder Cavalo da Floresta, com a ponta de sua lança, forçou-a a ficar de joelhos e dirigiu-se à multidão.

— Aqui está a pecadora que apanhamos perto de nosso acampamento! — berrou. — Ela confessou. Foi ela quem soltou o grande fogo. — A Líder fez uma reverência para Torak, seu rabo de cavalo varrendo o chão. — É você quem decide o castigo.

— *Eu?* — surpreendeu-se Torak. — Mas... se alguém fosse fazer isso seria Durrain. — Olhou de relance para a Maga Veado-Vermelho, mas ela permaneceu impenetrável.

— Durrain diz que você precisa fazer isso — declarou a Líder. — Todos os clãs concordam. Você salvou a Floresta. Decida o destino da pecadora.

Torak olhou para a prisioneira, que o observava atentamente. Aquela mulher tentara queimá-lo vivo. Mesmo assim, sentia somente pena dela.

— O Senhor está morto — disse a ela. — Sabe disso, não sabe?

— Como eu o invejo — disse ela num ardente desejo. — Ele, finalmente, conheceu o fogo. — De repente, ela sorriu para Torak, exibindo os dentes quebrados — Mas você... você é um abençoado! O fogo o deixou viver! Eu me submeterei ao seu julgamento.

Ao lado dele, Renn agitou-se:

— Foi você — ela acusou a mulher. — Foi você quem colocou a poção do sono na água deles.

A mulher torceu as secas mãos vermelhas e disse:

— O fogo o deixou viver! Eles não tinham o direito de matá-lo.

Raivosos murmúrios da multidão, e a Líder Cavalo da Floresta brandiu a lança.

— Diga a palavra — falou para Torak — e ela morre.

Torak olhou do vingativo rosto verde para a mulher de cabelos cinzentos.

— Deixem-na em paz — disse ele.

Houve uma tempestade de protestos.

— Mas ela nos drogou! — gritou a Líder Cavalo da Floresta. — Ela soltou o grande fogo! Ele *precisa* ser castigada!

Torak dirigiu-se a ela.

— Você é mais sábia do que a Floresta?

— Claro que não! Mas...

— Então é assim que será! Os Veados-Vermelhos ficarão sempre de olho nela, e ela jurará nunca mais soltar o fogo. — Encarou a Líder, manteve o olhar firme, e, finalmente, ela baixou a lança.

— Será como diz — murmurou ela.

— Ah! — respirou a multidão.

Durrain permaneceu imóvel, observando Torak.

Subitamente, Torak quis se livrar de todas elas, aquelas pessoas com suas cabeças endurecidas e suas árvores encarnadas.

Ao abrir caminho pela multidão, Renn coxeou atrás dele.

— Torak, espere!

Ele se virou.

— Você fez o que era certo — disse ela.

— Eles não acham isso — rebateu, desgostoso. — Vão deixá-la viver porque eu mandei. Não porque é o certo.

— Isso não importa para ela.

— Mas importa para mim.

Deixou-a e saiu do acampamento. Não se importava aonde ia, desde que fosse para longe dos clãs da Floresta Profunda.

Não tinha ido muito longe quando o ferimento em sua coxa começou a doer; então, desabou na margem do rio e ficou olhando o Água Negra deslizar. A dor no peito era pior, e ele quis Lobo, mas Lobo não veio, e não tinha coragem de uivar.

Sentiu a presença de alguém atrás de si, e virou-se para ver Durrain.

— Vá embora — grunhiu.

Ela chegou mais perto e sentou-se.

Torak arrancou uma folha de labaça e começou a rasgá-la ao longo das veias.

— Sua decisão foi sábia — disse ela. — Nós a vigiaremos bem. — Fez uma pausa. — Não sabíamos até onde o juízo dela havia perambulado. Foi um erro dar-lhe muita liberdade. Nós... cometemos um erro.

Torak desejou que Renn tivesse ouvido aquilo.

— Ela pecou — prosseguiu Durrain —, mas foi sensato deixar a vingança para a Floresta. — Virou-se para Torak, e ele sentiu a força de seu olhar. — Você agora entende. Isso foi algo que sua mãe sempre soube.

Torak ficou imóvel.

— Minha mãe? Mas... você disse que não podia me contar nada sobre ela.

Ela lhe deu seu fino sorriso.

— Você estava propenso à vingança. Não estava pronto para ouvir. — Inclinando a cabeça, ela observou as inconstantes folhas acima. — Você nasceu no Grande Teixo — disse ela. — Quando sentiu chegar o momento, sua mãe foi ao bosque sagrado para procurar a proteção da Floresta para seu filho. Entrou no Grande Teixo. Você nasceu lá. Ela enterrou ali seu cordão umbilical. Então sua mãe e o Mago Lobo fugiram para o sul. Posteriormente, quando ela sentiu que sua morte estava perto, mandou me chamar, para me contar coisas que não podia dizer a ele.

Ela estendeu a mão e uma mariposa pintada pousou em sua palma.

— Na noite em que você nasceu, o Espírito do Mundo apareceu para ela numa visão. Ele previu que você teria de lutar toda a sua vida para desfazer o mal que o Mago Lobo ajudara a criar. Sua mãe ficou apavorada. Implorou ao Espírito do Mundo que ajudasse seu filho a cumprir um destino tão difícil. Disse que faria de você um espírito errante... Mas, por isso, você ficaria sem clã, pois nenhum clã deveria ser mais forte do que os outros. — Ela observou a mariposa esvoaçar para longe. — E ele decretou que essa dádiva custaria a vida de sua mãe.

Torak olhou para o esqueleto de folha em suas mãos.

— Para selar o pacto, o Espírito do Mundo quebrou uma ponta de sua galhada e deu-a à sua mãe. Ela a transformou num chifre de remédios. No dia em que terminou de fazê-lo, ela morreu.

Uma mariquita-de-rabo-vermelho pousou num amieiro, limpou o bico num galho e saiu voando.

— Seu pai — continuou Durrain — deixou você no covil do lobo e foi construir a Plataforma da Morte dela. Três luas depois, levou seus ossos para o bosque sagrado e os colocou para descansar no Grande Teixo.

Torak jogou na água o esqueleto da folha e observou-o ser levado para longe. O Grande Teixo. Sua árvore de nascimento. A árvore da morte de sua mãe.

Pensou em seu pai, enfiando pinos nos velhos flancos da árvore, para ajudar sua companheira a descer, quando estivesse pronta para dar à luz; depois levando para lá seus ossos para deixá-los descansar, junto com sua faca: a mesma que, muitos verões depois, tinha salvado a vida de Renn.

Do outro lado do rio, uma tropa de patinhos seguia sua mãe ribanceira abaixo. Torak viu-os sem enxergá-los. Ele não tinha clã *porque* era um espírito errante. A mãe de Torak decidira torná-lo assim, ao custo da vida dela.

Uma raiva dolorida agitou-se dentro dele. Ela poderia ter vivido, mas preferira morrer. Fizera isso por ele, mas o tinha deixado para trás.

Cambaleando, ele se pôs de pé.

— Eu jamais quis isso.

Durrain fez menção de falar, mas ele gesticulou para contê-la.

— Eu *jamais* quis isso! — gritou.

Cegamente, correu pela Floresta. Continuou correndo até sua coxa doer demais para prosseguir.

Descobriu-se numa clareira verde banhada de luz solar onde andorinhas arremetiam e borboletas adejavam sobre anêmonas. Lindo, pensou.

E sua morte nunca veria aquilo.

Ao cair de joelhos sobre a grama, pensou em sua mãe, em seu pai e em Bale. A dor no peito tornou-se tão aguçada quanto sílex. Por muito tempo ele se apegara à sua necessidade de vingança. Agora ela se fora e nada restara a não ser o pesar. Um caroço parecia se movimentar debaixo do esterno, e ele deu um berro. Continuou chorando: soluços altos, pesados, espasmódicos. Chorando pela sua morte, que o deixara para trás.

Renn estava deitada no seu saco de dormir, encarando a escuridão. Seus pensamentos davam voltas e voltas inúteis. Fin-Kedinn fizera seu arco. Thiazzi o quebrara. Fin-Kedinn estava doente. O arco fora um presságio. Fin-Kedinn estava morto.

Finalmente, não conseguiu mais aguentar. Agarrou as muletas e saiu mancando do abrigo.

Era metade da noite e o acampamento estava silencioso. Seguiu até uma fogueira e sentou-se num tronco, onde permaneceu olhando as faíscas voarem acima para morrer no céu.

Onde estava Torak? Como ele pôde fazer isso? Sair correndo, sem nada dizer a ela, que estava desesperada para voltar à Floresta Aberta.

Algum tempo depois, ele voltou coxeando ao acampamento. Viu-a e foi se sentar a seu lado junto à fogueira. Parecia esgotado, e suas pestanas estavam pontudas, como se tivesse chorado. Renn endureceu seu coração.

— Onde você esteve? — perguntou, acusadoramente.

Ele exaltou-se diante do fogo.

— Quero dar o fora daqui. Voltar para a Floresta Aberta.

— Eu também! Se você não tivesse desaparecido, nós já estaríamos a caminho.

Com um graveto, ele remexeu as brasas.

— Detesto ser um espírito errante. É como se fosse uma praga.

— Você é o que é — disse ela, sem compaixão. — Além do mais, existe alguma coisa boa nisso.

— Que coisa boa? Diga-me: o que houve de bom nisso, alguma vez?

Ela se controlou.

— Quando você era um bebê, no covil de lobos. Foi por ser um espírito errante que aprendeu a fala de lobo. O que levou à amizade com Lobo. Isso é uma coisa boa, não?

Ele continuou exaltado.

— Mas a questão não é a fala de lobo. Quando se é um espírito errante... acho que isso deixa marcas nas almas da gente.

Renn se arrepiou. Ela também pensara nisso. A ira do urso do gelo, a crueldade da víbora... Em algumas ocasiões, ela notara vestígios disso em Torak. E ainda... aquelas pintas verdes em seus olhos. Certamente eram boas: pintas da sabedoria da Floresta que foram salpicadas nele, como musgos num galho.

Ela, porém, estava muito aborrecida para lhe falar a respeito agora, e, em vez disso, disse:

— Talvez deixe marcas, mas nem sempre. Você bancou o espírito errante num corvo, e isso não o tornou mais esperto.

Ele riu.

Com ajuda das muletas, ela se pôs de pé.

— Vá dormir um pouco. Quero partir assim que clarear.

Ele jogou o graveto no fogo e levantou-se. Então, tateou atrás de si e pôs algo nas mãos dela.

— Tome. Achei que iria querer isto.

Eram pedaços de seu arco.

— Agora pode colocá-lo para descansar — observou. Ele parecia inseguro, como se não tivesse certeza de que tinha feito a coisa certa.

Renn não conseguiu confiar em si mesma para falar. Quando seus dedos se fecharam em volta da madeira tão amada, ela pareceu ver Fin-Kedinn entalhando-a. *Era um sinal. Tinha de ser.*

— Renn — disse Torak, baixinho. — Não é um presságio. Fin-Kedinn é forte. Ele vai melhorar.

Ela conteve a respiração e engoliu em seco.

— Como sabe que eu pensei nisso?

— Ora. Eu... conheço você.

Renn imaginou Torak coxeando pela Floresta para recuperar o arco quebrado. Ela pensou, *Talvez bancar o espírito errante não deixe marcas. Mas isso... isso é simplesmente Torak.*

— Obrigada — disse ela.

— Não foi nada.

— Não apenas por isso. Pelo que você fez. Por quebrar seu juramento. — Passando a mão sobre seu ombro, ela se ergueu e beijou seu queixo: então, mancando, afastou-se rapidamente.

Lobo observou Alto Sem-Rabo pestanejar e balançar-se após a irmã de alcateia ter ido embora, e percebeu que seus sentimentos estavam tão espalhados e desarrumados como numa lufada de folhas.

Altos sem-rabo eram tão complicados. Alto Sem-Rabo gostava da irmã de alcateia e ela gostava dele mas, em vez de esfregarem flancos e lamber focinhos, eles fugiam um do outro. Era muito estranho.

Pensando nisso, Lobo trotou para procurar Pelo-Escuro. Ela se juntou a ele, o focinho ainda molhado do abate, e, após brincarem de morder e esfregar pelagens, correram juntos Molhado acima. Lobo gostava da sensação das frescas samambaias batendo em seu pelo e do ruído das passadas de Pelo-Escuro atrás dele. Aspirou os deliciosos cheiros de sangue de corço e de lobo amigável.

A Floresta estava novamente em paz, mas, ainda assim, algo fazia Lobo seguir para o lugar onde Alto Sem-Rabo tinha lutado contra o Mordido. Quando ele e Pelo-Escuro chegaram lá, diminuíram a velocidade para passo rápido. O Brilhante Olho Branco olhava abaixo para as árvores vigilantes e o temido Trovejante ainda flutuava no ar.

O Trovejante era um grande mistério. Quando Lobo era um filhote, o Trovejante o fizera deixar Alto Sem-Rabo e ir para a Montanha. Depois, quando Lobo fugira, o Trovejante ficara zangado. Então Lobo fora perdoado, embora não lhe fosse permitido voltar à Montanha. Tudo isso era muito estranho; mas, por outro lado, o Trovejante era macho e fêmea, caçador e presa. Nenhum lobo podia entender tal criatura.

Lobo *detestava* não saber, mas agora tinha conhecimento de que algumas coisas ele simplesmente não conseguia entender. O Trovejante era uma delas, e Alto Sem-Rabo, outra. Alto Sem-Rabo não era lobo. Ainda assim... era irmão de alcateia de Lobo. Era assim que era.

Um leve odor foi trazido pelo vento até o focinho de Lobo e ele deu um salto de alerta. Os olhos de Pelo-Escuro cintilaram. *Demônios.*

Ansiosamente, Lobo colocou o focinho no chão e inspirou fundo enquanto seguia o rastro. Este passava pelas árvores antigas e subia a elevação.

O Covil estava parcialmente bloqueado por uma pedra, a abertura estreita demais para Lobo entrar. Tornou-a maior cavando a terra com as patas dianteiras, e Pelo-Escuro ajudou. Finalmente, Lobo se espremeu e entrou.

Lá dentro, captou um bafejo de demônio, mas o cheiro era antigo. Nada de demônios aqui. Apenas um filhote sem-rabo muito magro e fedorento.

Lobo ganiu baixinho e lambeu o focinho de Pelo-Escuro. Ela nem piscou. Havia algo de errado. Lobo deixou o Covil e correu para chamar Alto Sem-Rabo.

O Claro tinha chegado quando ele se aproximou dos Covis dos sem-rabo, e, de imediato, percebeu que teria de esperar. Na beira do Molhado Ligeiro, um grupo de peles flutuantes tinha chegado. Lobo observou o líder da alcateia dos Corvos saltar para a margem e a irmã de alcateia jogar seus paus para os lados e mancar na direção dele, e o líder de alcateia rir e girá-la com suas patas dianteiras.

TRINTA E NOVE

— Quanto tempo até alcançarmos a Floresta Aberta? — perguntou Torak.

Fin-Kedinn, enrolando seu saco de dormir, disse:

— Deveremos chegar ao anoitecer.

— Finalmente! — suspirou Renn.

Ela enfiou num vidoeiro um pedaço de carne de javali para o guardião, mas Rip imediatamente o furtou. Torak tentou fazer sua oferenda à prova de corvos para a Floresta, enfiando-a na rachadura de um pé de freixo. Então Fin-Kedinn mandou Renn colocar o fogo de volta para dormir, e ele e Torak carregaram os apetrechos para as canoas.

Fazia dois dias desde que haviam deixado o acampamento da Floresta Profunda, e viajavam lentamente, pois as costelas de Fin-Kedinn ainda estavam se emendando. O Líder Corvo tinha vindo sozinho, porque o resto do clã estava ocupado com a pesca do salmão. Era bom serem apenas os três.

À sua volta, Torak sentiu um grande restabelecimento. Mesmo entre os clãs da Floresta Profunda houvera uma aproximação, incentivada pela necessidade da recuperação das crianças roubadas. Cinco haviam sido libertadas de buracos cavados nas encostas atrás do bosque sagrado. Todas estavam magras como gravetos, os dentes reduzidos aos caninos, suas mentes resumidas a um branco igual ao das bagas de visco. Antes mesmo de olhar em seus olhos, Renn declarara que Thiazzi ainda não havia prendido demônios em suas medulas, portanto continuavam sendo crianças e não *tokoroths*; e, tendo em vista que ela tinha mais experiência nisso do que qualquer um, até mesmo Durrain submetera-se a ela. A última coisa que Torak vira dos clãs da Floresta Profunda fora um intenso debate sobre os melhores rituais para ajudar na recuperação.

A Floresta, também, começava a cobrir de vegetação seus ferimentos. Demorara um dia remando para atravessar as terras queimadas, mas, em alguns lugares, Torak vira trechos de verde e alguns veados resistentes mordiscando brotos. Nas margens do Lago Água Negra, ele vira a égua sagrada. Ela relinchara para Torak e ele fizera o mesmo em resposta. Aparentemente, o tinha perdoado por ter montado nela.

Ainda assim, pensou, ao colocar as peles de água nas canoas, alguns ferimentos nunca vão sarar. As cicatrizes dos Auroques nunca sumirão. Gaup estava mutilado para o resto da vida. Sua filhinha, que fora encontrada com as outras crianças, estava muda. Pior de tudo, uma das crianças roubadas estava perdida para sempre. *Demônio*, dissera Lobo, ao seguir seu rastro, antes de perdê-lo nos contrafortes das Montanhas. Torak imaginou o *tokoroth* correndo sobre as pedras em direção ao covil de Eostra.

— É melhor amarrar os objetos — sugeriu Fin-Kedinn, fazendo com que ele desse um salto. — Há água branca adiante.

Torak ficou surpreso; ele não conhecia nenhuma corredeira. Então se deu conta de que ele e Renn tinham feito essa parte da viagem a pé, e ao sul do rio. Foi um alívio saber que, dali em diante, era Fin-Kedinn quem mandava.

Partiram, deslizando por amieiros tagarelas e leitos de juncos parecendo vivos com pássaros canoros. Finalmente, quando a luz tornou-se dourada, as Mandíbulas da Floresta Profunda assomaram à vista.

Por cima do ombro, Fin-Kedinn perguntou a Torak se ele lamentava deixar o lugar onde nascera.

— Não — respondeu, embora se sentisse triste em admitir isso. — Não pertenço a isso aqui. Os Veados-Vermelhos teriam deixado o Mago Carvalho tomar conta da Floresta, em vez de lutar. E os outros... Eles queriam matar qualquer um que não seguisse o Caminho. Agora acho que matarão qualquer um que o seguir. Como é possível confiar em gente como essa?

Fin-Kedinn observou uma andorinha apanhar uma mosca na própria asa.

— Eles precisam de certeza, Torak. Como hera presa a um carvalho.

— E você? Você precisa disso?

Fin-Kedinn pousou seu remo atravessado na canoa e virou-se para encarar Torak.

— Quando eu era jovem, viajei até o Distante Norte e cacei com o Clã da Raposa Branca. Certa noite, vimos as luzes no céu, e eu disse, *Olhem, eis a Primeira Árvore*. Os Raposas Brancas riram. Eles disseram, *Não é uma árvore, são as fogueiras que os nossos mortos queimam para se manterem aquecidos*. Posteriormente, quando me encontrava no Lago Cabeça de Machado, o Clã da Lontra me disse que as luzes são um grande leito de juncos que abriga os espíritos de seus ancestrais. — Fez uma pausa. — Quem está certo?

Torak sacudiu a cabeça.

Fin-Kedinn apanhou de volta o remo.

— Não existe certeza, Torak. Mais cedo ou mais tarde, se você tiver coragem, enfrentará isso.

Torak lembrou-se dos Auroques e dos Cavalos da Floresta pintando árvores.

— Acho que algumas pessoas nunca enfrentam.

— É verdade. Mas nem todos na Floresta Profunda são assim. Sua mãe não era. Ela teve mais coragem.

Torak pôs a mão em sua bolsa de remédios. Ainda não contara a Fin-Kedinn o que havia descoberto sobre o chifre, mas o fizera a Renn — e, por ser Renn, ela pensara em algo que ele não havia imaginado. *Talvez ele o tivesse ajudado o tempo todo. Eu sempre me perguntei por que os Devoradores de Almas nunca perceberam que você é um espírito errante. E aquele zumbido no bosque sagrado? Talvez o chifre tenha atraído o Espírito do Mundo. Mas não creio que algum dia a gente venha a saber com certeza.*

Não havia certeza, pensou Torak. A ideia soprou dentro dele como um vento fresco, limpo.

Ao passarem pelas sombras das Mandíbulas, ele olhou para trás. O sol baixo brilhava no abeto musgoso, e pareceu que eles sussurravam um adeus. Pensou no vale escondido para onde os clãs da Floresta Profunda haviam levado o cadáver de Thiazzi para os rituais funerários secretos. Pensou no bosque sagrado no qual as grandes árvores se erguiam como se já estivessem ali por milhares de verões, observando os animais da Floresta viverem suas breves e combativas vidas. Elas se importavam por ele ter quebrado seu juramento? Já o teriam esquecido?

Não se passara nem mesmo uma lua desde que Bale fora morto, mas a sensação era de um verão inteiro. Torak disse a Fin-Kedinn:

— Eu prometi vingá-lo. Mas não consegui fazer isso.

O Líder Corvo virou-se para encará-lo.

— Você quebrou seu juramento para salvar Renn — disse ele. — Imagine se as coisas tivessem sido diferentes... Se você tivesse morrido e Bale tivesse jurado vingá-lo... você não acha que ele teria feito o mesmo?

Torak abriu a boca, mas fechou-a em seguida. Fin-Kedinn tinha razão. Bale não teria hesitado.

Fin-Kedinn disse:

— Você fez bem, Torak. Creio que o espírito dele ficará em paz.

Torak engoliu em seco. Ao observar seu pai adotivo manusear habilmente o remo, sentiu uma onda de amor por ele. Quis lhe agradecer por ter aliviado tal carga de seus ombros, por ele ser Fin-Kedinn. Mas o Líder Corvo estava ocupado guiando a canoa, para dar a volta num tronco submerso, e gritar um aviso para Renn, que ia no outro barco. Então estavam fora das Mandíbulas e dentro da Floresta Aberta, Renn sorria e socava o ar e, em pouco tempo, Torak também fazia o mesmo.

À noite, ao acamparem perto do Água Negra, Bale surgiu para ele pela última vez.

Torak sabe que está sonhando, mas também que o que está acontecendo é verdade. Ele estava na margem seixosa da Baía das Focas, observando Bale carregar seu caiaque para o Mar. Bale é novamente forte e íntegro, e equilibra com fácil encanto seu caiaque no ombro. Quando chega ao raso, coloca-o na água, pula para dentro e apanha o remo.

Torak corre para ele, desesperado na tentativa de alcançá-lo, mas Bale já voa sobre as ondas como um cormorão, deixando-o para trás.

Torak tenta chamá-lo, mas consegue apenas um triste sussurro. "Espere!"

Bale segue com sua embarcação pelo Mar reluzente.

"Que o guardião nade com você!", grita Torak.

Bale agita o remo, formando um arco resplandecente e abre um sorriso. "E corra com você, parente!", responde ele.

Então ele vai em frente, os cabelos dourados ondeando atrás, enquanto segue para poente, onde o sol vai dormir no Mar.

— Por que *não*? — perguntou Renn, três luas depois. — Você sente falta dele. Eu também sinto. Portanto, vamos procurá-lo.

Torak não respondeu. Exibia seu ar teimoso, e ela sabia que não adiantava sugerir que ele simplesmente uivasse para chamar Lobo. Ele não queria arriscar uma decepção, pois, naqueles dias, Lobo não costumava uivar de volta. De tempos em tempos, por todo o verão, ele apareceu, mas, embora continuasse afetuoso e brincalhão como sempre, e claramente houvesse superado o choque de saber que Torak não era um lobo, às vezes Renn o sentia distante, como se estivesse num outro lugar. Torak não falava nisso, mas ela sabia que ele achava a mesma coisa e que, em seus piores momentos, temia que aquilo significava o fim da antiga relação dos dois.

"Por que então ele não vai *procurá-lo?*", pensou ela, irritada.

— Torak — disse ela bem alto —, você é o melhor rastreador da Floresta. Pois bem. Rastreie!

Ela, porém, tinha de admitir que parecia estranho ter de rastrear *Lobo*. Mas, por outro lado, tudo com relação àquele verão parecia estranho. Ela ainda tentava se acostumar com a ideia de ser uma Maga e, embora Saeunn permanecesse a Maga do Clã, as pessoas a tratavam com ainda mais cautela do que antes.

Seu equipamento também era estranho: novo chifre e nova bolsa de remédios (esta um inesperado presente de Durrain), novo triscafogo, nova machadinha, nova faca. Novo arco. Ela deixara os restos de seu amigo fiel no campo de ossos dos Corvos, e o velho Auroque – que se descobriu ter conhecido Fin-Kedinn no passado e lhe ensinado a fazer arcos – tinha-lhe feito um esplêndido arco novo. Era de madeira de teixo cortada sob a luz da lua crescente e discretamente adaptado para seu modo de disparar com a mão esquerda. Ela, porém, não conseguiu se acostumar a ele e, naquele dia, o tinha deixado no acampamento; mas começava a se preocupar, achando que ele poderia se sentir rejeitado; portanto, da próxima vez, ela o traria junto.

Era Lua de Semente Verde de Freixo, e as ervas que brotam depois de um incêndio florestal estavam da altura do ombro. Fazia tanto calor que Rip e Rek voavam com o bico aberto para se manterem refrescados. Tinha sido um verão incomumente bom, com muitas presas e ninguém perigosamente doente. Se Renn às vezes acordava à noite por sonhar com bufos-reais e *tokoroths*, ela logo pegava de volta no sono.

Ela viu Torak se curvar para examinar um sulco onde um lobo raspara a terra após farejar. Ele suspirou. "Não é Lobo."

Depois, apanhou num arbusto de junípero um fio de pelo de lobo negro.

– Lobo tem algum pelo negro em sua pelagem – disse Renn, esperançosa. – No rabo e pelos ombros.

– Seus pelos só são negros nas pontas – lembrou Torak. – Não são assim.

Por um longo tempo, depois disso, ele entrou no que ela chamava transe rastreador, seguindo pistas que Renn não conseguia detectar. Então Torak se agachou tão abruptamente que ela quase caiu sobre ele.

Perto do joelho dele, ela distinguiu um ligeiro vestígio de uma impressão de pata.

– É de Lobo? – sussurrou ela.

Ele confirmou com a cabeça. Seu rosto estava tenso de esperança, e Renn sentiu pena de Torak. Estava irritada com Lobo, que não sentia que seu irmão de alcateia precisava dele.

Mas, à medida que avançavam, ela foi esquecendo sua irritação colhendo algumas avelãs verdes para dar de presente. No verão passado, Lobo a observara colher alimentos em uma aveleira, então fez a mesma coisa, embora tivesse ignorado as maduras e comido apenas as verdes.

Ela pensava nisso quando um lobo uivou no vale seguinte.

Olhou para Torak.

– Lobo? – disse ela, apenas movimentando os lábios.

Ele fez que sim.

– Pede para irmos até ele. – Torak franziu a testa. – Mas eu nunca o ouvi pedir isso antes.

Chegaram à elevação acima do rio e, de repente, Lobo derrubou Torak com uma imensa boas-vindas de lobo misturada com um fervoroso pedido de desculpas. *Estou tão feliz por você estar aqui! Desculpe, desculpe, eu também senti sua falta! Feliz! Desculpe!*

Finalmente, saiu de cima de Torak e pulou em cima de Renn para dizer tudo novamente, deixando o rapaz livre para olhar em volta.

O espaço em torno do Covil estava entulhado de pedaços de ossos e de couro bem mastigados, a terra bem pisoteada por muitas patas. Torak notou que Lobo estava mais magro, talvez porque tivera de fazer muitas caçadas. Ele começou a sorrir:

— Eu devia ter adivinhado — murmurou.

— Eu também — disse Renn, afastando o focinho de Lobo. Seus olhos brilhavam e ela parecia tão feliz quanto Torak se sentia.

Uma magnífica loba com olhos verde-âmbar emergiu do Covil e trotou na direção deles, sacudindo o rabo e recuando as orelhas macias numa acanhada saudação.

Torak pensou, *Sim, é claro. É isso mesmo.*

Virando-se para Renn, contou-lhe que a loba era parte da alcateia com quem fizera amizade no verão passado. Juntos, observaram-na deitar de barriga e varrer a terra com o rabo, ao mesmo tempo que Lobo desaparecia no interior do Covil.

— Acho que devemos nos afastar um pouco — sugeriu Torak, subitamente incerto sobre como deveriam se comportar. Ele e Renn recuaram para uma distância educada da boca do Covil e se sentaram no chão com as pernas cruzadas.

Não tiveram de esperar muito. Lobo retornou, carregando nas mandíbulas um pequeno fardo agitado. Açoitando o rabo, ele foi até Torak e depositou-o à sua frente.

Torak tentou sorrir, mas seu coração estava cheio demais.

O filhote tinha cerca de uma lua. Era gordo e fofo e não muito estável sobre as pernas curtas. As orelhas ainda estavam enrugadas; os olhos tinham um desfocado azul acinzentado; mas a coisinha bamboleou ansiosamente em direção a Torak, tão destemido e curioso como fora seu pai quando era filhote.

Torak ganiu baixinho e estendeu a mão para o lobinho cheirar, e este latiu, sacudiu o rabo curto e tentou morder seu polegar. Torak o ergueu e focinhou sua barriga. O filhote bateu nele com patas pequeninas, limpas, e puxou seu cabelo com garras tão finas quanto espinhos de sarça. Quando posto de volta no chão, correu para seu pai.

A loba ergueu o focinho e uivou baixinho, e mais dois filhotes emergiram do Covil e saltaram na direção dela, ganindo e se aninhando nas mandíbulas dela; Um era preto, com os olhos esverdeados da mãe, ao passo que o outro era cinzento, como Lobo, mas com orelhas marrons avermelhadas. Todos tremiam de emoção diante daquele espantoso mundo novo.

Rip e Rek voaram para baixo e dois dos filhotes fugiram, enquanto a irmã deles começava a espreitar. Os corvos andaram por ali, aparentemente sem ligar. Deixaram os filhotes rondar quase até chegarem ao alcance, então saíram voando com rouquenhas risadas.

Torak observou Renn deitar-se de lado e arrastar um graveto para os filhotes perseguirem, enquanto — sem que ela soubesse — o preto se aproximava sorrateiramente por trás e roía suas botas.

Torak olhou de relance para Lobo, que permanecia parado, sacudindo orgulhosamente o rabo. *Obrigado*, disse ele em fala de lobo. Então olhou para Renn.

— Você percebe o que isso significa?

Ela sorriu:

— Bem, *acho* que significa que Lobo encontrou uma companheira.

Ele riu.

— Sim, porém é mais do que isso. Esta é a primeira vez que os filhotes saem do Covil. Este é o dia mais importante de todos, pois é quando eles conhecem o restante da alcateia.

Com o gesto da mão, indicou Lobo, sua companheira, os filhotes, Renn e ele mesmo.

— O restante da alcateia — repetiu. — Isto é, nós.

NOTA DA AUTORA

O mundo de Torak é o de seis mil anos atrás: após a Idade do Gelo, mas antes da expansão da agricultura em sua parte do mundo, quando o noroeste da Europa era apenas uma vasta Floresta.

As pessoas do mundo de Torak pareciam exatamente com você ou eu, mas seu modo de vida era muito diferente. Elas não tinham escrita, metais ou a roda, mas não precisavam disso. Eram esplêndidos sobreviventes. Conheciam tudo sobre animais, árvores, plantas e pedras da Floresta. Quando queriam algo, sabiam onde encontrar ou como fazer.

Viviam em pequenos clãs e muitos deles se movimentavam bastante: alguns permaneciam em acampamentos por apenas poucos dias, como o Clã do Lobo; outros, por toda uma lua ou uma estação, como os Clãs do Corvo e do Salgueiro; ao passo que ainda outros ficavam parados um ano inteiro, como o Clã da Foca. Portanto, alguns dos clãs mudaram de lugar desde os acontecimentos de *Proscrito*, como você verá no mapa modificado.

Quando eu pesquisava para escrever *Perjuro*, visitei um grande número de árvores antigas com as quais o Reino Unido é abundantemente dotado. Também passei algum tempo na maior área de floresta de planície primeva que resta na Europa, no Parque Nacional de Bialowieza, na Polônia oriental. Ali eu vi o *zubron* (um híbrido de gado e bisão-europeu), javalis, tarpans (uma espécie de cavalo selvagem), uma grande quantidade de árvores atingidas por relâmpagos e mais espécies de pica-pau que jamais havia visto. Em Bialowieza, tive a inspiração para várias partes da Floresta Profunda e seus habitantes, principalmente durante minhas longas caminhadas pela Área Rigorosamente Protegida da Floresta. Também tive a chance de estudar duas magníficas represas e alojamentos de castores, que me deram a inspiração para o esconderijo de Torak.

É desnecessário dizer que também mantive minha amizade com os lobos do UK Wolf Conservation Trust. Observar os filhotes crescerem e se tornarem adultos e conversar com seus dedicados cuidadores voluntários tem sido uma fonte constante de inspiração e incentivo.

Quero agradecer a todos do UK Wolf Conservation Trust por me deixarem chegar perto de seus lobos maravilhosos; ao Woodland Trust, por me permitir acesso a algumas das árvores antigas retratadas em minha pesquisa; ao sr. Derrick Coyle, o Yeoman Ravenmaster da Torre de Londres, cujo extenso conhecimento e a experiência com corvos têm sido uma constante inspiração; ao amigável e prestativo povo da jurisdição do Parque Nacional de Bialowieza e ao Museu de História Natural e Florestal de Bialowieza; aos guias do Biuro Uslug Przewodnickich Puszcza Bialowieza e ao PTTK Biuro Turistyczne, particularmente ao Rev. Mieczyslaw Piotrowski, guia-chefe do PTTK, o qual – com a graciosa permissão do chefe florestal do distrito de Druszki da Floresta Nacional de Bialowieza – tornou possível que eu visse os alojamentos de castores.

Finalmente, e como sempre, quero agradecer ao meu agente, Peter Cox, pelo seu incansável entusiasmo e apoio; e à minha verdadeiramente talentosa e maravilhosa editora e publisher, Fiona Kennedy, pela sua imaginação, seu envolvimento e sua compreensão.

Michelle Paver
2008

Este livro foi impresso na Editora JPA Ltda.,
Av. Brasil, 10.600 – Rio de Janeiro – RJ.